The Womanizer

Geile 18
Jung, Schön, Sexy & Versaut

AF285181

The Womanizer

Geile 18

Jung, Schön, Sexy & Versaut

Bibliografische Informationen der Deutschen Nationalbibliothek
Die Deutsche Nationalbibliothek verzeichnet diese Publikation in der
Deutschen Nationalbibliografie; detaillierte bibliografische Daten sind
im Internet über dnb.dnb.de abrufbar.

Printed in Germany

ISBN 978-3-7528-8060-1

Herstellung und Verlag: BoD – Books on Demand, Norderstedt

Geile 18

Jung, Schön, Sexy & Versaut

The Womanizer

Inhaltsverzeichnis

Geile 18

Die Zahl 18 ist eine magische, denn sie beschreibt genau die Eigenschaften, die mir an Frauen wichtig sind: Jung, Schön, Sexy & Versaut! Die Rede ist von weiblichen Göttinnen, die soeben die Grenze vom Mädchen zur Frau überschritten haben und sich in einem überaus reizvollen Alter befinden. Nicht nur für mich. Sondern für alle heterosexuellen Männer dieser Schöpfung.

Kommt schon, Guys, wer steht nicht auf Sweet Little Eighteen bzw. Eightteen? Wenn ein Mädchen langsam zur Frau und endlich volljährig wird, steht sie uns offen. Yeah! Ihre süßen, noch mädchenhaften Rundungen, ihr straffer, faltenfreier Körper, ihr naiver, unschuldiger Blick – all das verführt mich ungemein.

Doch noch mehr verführen mich die 18-jährigen Luder, die genau wissen, was sie da tun. Die es darauf anlegen. Die um Analsex betteln, das Fesselspiel beherrschen, Sperma genüsslich schlucken und genau wissen, wie sie den Mann, also mich, genial befriedigen können. Die Mädels, die versaut sind und mit 18 bereits alle möglichen Tabus abgelegt haben, um im Bett ihre und meine Erfüllung zu erleben. Gott, ist das geil!

Als Familienvater Ende 30, der ich nun bin, mit der tollen Andrea verheiratet und Vater zweier wundervoller Kinder, als renommierter TV-Produzent und Gutverdiener, ist es mir eine Ehre, auch heute noch mir das zu holen, was ich möchte. Sexuell. Das muss nicht immer 18 sein, aber hin und wieder sind sie noch dabei, die jungen Küken. In meinem Leben habe ich bereits über 1.500 Frauen im Bett gehabt, davon waren sicher ca. 100 dabei, die Sweet Little Eighteen bzw. Eightteen waren.

Aufgrund großer Nachfrage meiner treuen männlichen Leserschaft und Bewunderer, und da diese Bettgeschichten meine wertvollsten sind, habe ich nun für Euch meine besten sexuellen Erlebnisse mit 18-jährigen Girls zusammengestellt. Und dabei festgestellt: Ein Buch reicht dafür nicht aus! Daher kündige ich jetzt schon einen Teil 2, eine Fortsetzung dieses Werkes, an. Jetzt wünsche ich Euch viel Freude mit „Geile 18"!

Tammy, die Nymphomanin

Tammy sah aus wie Britney Spears in ihren besten Jahren. Ich war gerade im Schnitt, als sie hereinkam und nach Ursula fragte. Ursula ist Cutterin und arbeitete schon seit 3 Jahren für die Firma. Ich brachte Tammy ins Nebenzimmer, wo die beiden jungen Damen sich innig umarmten und 10 Minuten miteinander quatschten.

Dann kam Tammy zurück, verabschiedete sich höflich von mir und ging. Ich war entzückt. So etwas Süßes hatte ich lange nicht mehr gesehen in unserem Office. Auf meine Frage hin erklärte mir Ursula, dass Tammy ihre Schwester sei. Für mich stand fest: Die musste ich haben!

Tammy hatte mit 16 ihren Realschulabschluss gemacht und dann ihre Lehre zur Friseuse. Sie arbeitete in einem Laden namens „Hairy Hair" in München am Marienplatz. Meine Haare waren sowieso schon wieder etwas lang geworden, also beschloss ich, zum Friseur zu gehen, und zwar zu Tammy. Ich rief im „HH" an und ließ mir einen Termin Ende der Woche geben.

Und da war sie: sexy angezogen in einer engen, schwarzen Jeans und einem flippigen, bunten Top. „Na, alles Roger bei Dir?", empfing sie mich. „Klaro, alles bestens", erwiderte ich. „Setz Dich hin, ich wasche Dir erst einmal die Haare", sagte sie freudig und führte mich zum Becken. Sie duzte mich einfach, cool. Nachdem sie mir eine schöne Kopfmassage gegeben und meine Haare gewaschen hatte, ging die Schneiderei los.

Es entwickelte sich ein lockeres Gespräch. Von Vorteil war, dass niemand außer uns im Laden war, ihr Chef machte gerade Mittag, und auch sonst waren keine Kunden da. Ich merkte schnell, dass Tammy ein sehr offener Mensch war, sie plauderte fröhlich darauf los und erzählte mir von ihrem Leben.

Ich berichtete ihr aus meinem Berufsalltag, was sie total spannend fand. „Ich würde auch gerne so etwas machen. Film und Fernsehen, das ist geil." Ich fragte sie, ob sie Lust hat, mit mir noch einen Kaffee zu trinken, doch es ging nicht, da sie bis 16 Uhr arbeiten musste. Wir verabredeten uns für 16:30 Uhr in einem Bistro.

Ich fuhr zurück in die Firma und erledigte noch etwas Bürokram, dann stand das Date mit Tammy an. Wir quatschten da weiter, wo wir aufgehört hatten. Ich merkte, dass ich ihr gefiel.

„Du bist ein sehr attraktiver Mann", meinte sie. „Kein Wunder, bei dem flotten Haarschnitt", zwinkerte ich ihr zwinkernd zu. Dann beugte sie sich vor und flüsterte mir ins Ohr: „Ich finde Dich geil, willst Du mit mir ficken?" Ich war sprachlos. So ein scharfes Luder! Aber was blieb mir für eine Wahl? So ein junges Mädchen zu enttäuschen und abzuweisen könnte langwierige Schäden bei ihr verursachen. Verlust von Urvertrauen und so. Also sagte ich: „Ja, gerne, wann und wo?"

„Was hältst Du von jetzt? Komm mit, ich habe eine eigene Bude, da sind wir ungestört." „Let´s go!" Tammy wohnte in einer 1-Zimmer-Wohnung im Norden Münchens. Es war unordentlich, was mich aber nicht störte. An der Wand hingen Bilder von halbnackten Männern, Kalenderfotos, nichts Schlimmes.

Kaum angekommen, fiel sie über mich her und entkleidete mich schneller, als das jemals eine andere Frau zuvor getan hatte. Dann zog sie sich aus. Zum Vorschein kam ein junger, wunderhübscher Mädchenkörper. Über ihrer Muschi hatte sie ein Tattoo mit Pfeil nach unten in Richtung Pforteneingang. Sie war blank rasiert und so süß.

Schnell und sicher streifte sie mir ein Noppenkondom über und begann auf mir zu reiten. Ich wusste nicht wie mir geschah, so schnell ging alles. Nach ein paar Minuten überschritt ich den point of no return und spritzte lautstark ab. Gleichzeitig spürte ich ihre Kontraktionen, also war auch sie am Kommen. Heftig war´s.

Nach einer kurzen Pause sagte sie gierig: „Das war echt super! Komm, noch mal!" Schwupps, war sie wieder auf mir drauf und begann ihn erneut hart zu reiten. „So, jetzt Du", forderte sie mich auf. Ich legte mich auf sie und fickte sie, was das Zeug hielt. Sie kam schon wieder, ich auch. „Boa, Du bist echt der Wahnsinn!" Sie küsste mich auf den Mund und gab mir ein paar Minuten zum Verschnaufen, ehe sie erneut anfing, meinen Penis zu bearbeiten, diesmal mit ihrer Hand. „Jetzt besorge ich es Dir auf die easy Tour", säuselte sie genüsslich.

„Warte mal", hakte ich ein, „mir wird das gerade zu viel." „Ach was, das ist einfach nur geil! Siehst Du, er wird schon wieder steif", grinste sie und erhöhte das Tempo. Tatsächlich, er wurde schon wieder hart.

Gekonnt masturbierte sie mich, bis ich kam. Ich spritzte in ihr Gesicht, was sie beabsichtigt hatte. Mein Samen landete an ihrer Stirn, ihrer Nase und ihrem Kinn. Was für ein Anblick! Sie schlürfte ihn weg mit den Worten „Lecker, schmeckt gut. Davon möchte ich mehr haben".

Was das bedeutete, bekam ich zu spüren. Nun war ihr Mund an der Reihe. Tammy begann, mit ihren süßen, roten Lippen meinen in sich zusammengesunkenen Helden zu umkreisen und nahm ihn schließlich komplett in den Mund. Obwohl ich gar nicht mehr wollte und äußerst befriedigt war, merkte ich, dass noch Leben und Lust in meinem Prügel steckte. Mit der einen Hand rieb sie sich ihre Muschi, mit den anderen streichelte sie meine Eier und meinen Penisschaft, während sie mit dem Mund überzeugende Arbeit leistete.

Obwohl er langsam anfing zu schmerzen, genoss ich es, diese 18-jährige bildhübsche Nymphomanin, diese Männer-Killerin, diese geile Schlampe zu beobachten, wie sie es nicht nur mir, sondern auch sich selbst besorgte. Sie verstand es zu blasen. Mit Müh und Not erreichte ich meinen vierten Orgasmus in weniger als 2 Stunden. Ich spritzte meine letzten Tropfen in ihren gierigen Hals, sie schluckte alles genüsslich hinunter.

„Ah, war das geil!", stöhnte sie und rubbelte an sich weiter. „Törnt es Dich an, wenn ich es mir selbst mache?" „Ja", keuchte ich aus dem letzten Loch. „Dann schau zu." Die Show, die sie mir bot, war der Hammer. In allen denkbaren Positionen präsentierte sie sich mir, sie rieb sich genüsslich ihren Kitzler und spielte an ihrem Anus herum. Wie kann man mit 18 Jahren schon so versaut sein, dachte ich. Stöhnend kam sie zum Orgasmus.

„Hat es Dir gefallen?", fragte sie neugierig. „Ja, das war voll geil!", bestätigte ich ihre Darbietung. „Und, noch einmal ficken?" Ich war sprachlos. Nein, nicht schon wieder, das halte ich nicht mehr aus. „Ich muss jetzt gehen, ich habe noch einen Termin."

„Schade, ich hätte gerne noch einmal", meinte sie traurig. Diese junge Frau war der Wahnsinn. Die konnte wohl nie genug bekommen.

Ich war schon mit vielen wilden und sexgeilen Frauen im Bett gewesen, aber so eine wie Tammy hatte ich noch nie gehabt. Sie toppte alle. „Ich fand´s echt geil mit Dir", küsste ich sie zum Abschied und verließ sie erschöpft und mit einem wunden Penis.

Bei einer betriebsinternen Veranstaltung 4 Wochen später traf ich Tammy wieder. Sie kam auf mich zu und umarmte mich fest: „Na, der Tiger ist auch hier?" „Du siehst klasse aus", lobte ich sie. „Du auch." Smalltalk. Dann blickte sie mich verführerisch an, schmiss sich in Pose und legte ihre Hand auf meine Schulter. „Und, hast Du heute Abend schon etwas vor?" Ich war frei. „Ich stehe Dir zur Verfügung", grinste ich Tammy an, die zurückgrinste.

Ich freute mich schon auf den Sex mit Tammy, wusste aber auch, dass sie mir wieder alles abverlangen würde. Gegen 20 Uhr verschwanden wir diskret und fuhren zu Tammy. Kaum angekommen, ging es schon los. Sie riss uns die Klamotten vom Leib und begann, meinen Schwanz zu lutschen. Ich fickte sie volle Pulle bis zu unseren Orgasmen.

Mehr als 5 Minuten Entspannung gönnte sie mir nicht, schon war sie wieder aktiv und wollte mich reiten. Ihre Muschi senkte sie über meinen Penis und ließ ihn in ihre Liebesgrotte eindringen. Zuerst langsam, dann immer schneller beherrschte sie mich. Sie stöhnte wild, ihr dunkelblondes Haar wehte durch die Luft, ihr Körper war so schön. Ich kam. Sie auch. Wir zuckten beide wie von einem Zitteraal getroffen. Nun brauchte ich eine Pause. Tammy holte Drinks.

Nach 20 Minuten war ich wieder bereit. Tammy befahl mir, mich zurückzulehnen und zu entspannen. Es folgte der Höhepunkt des Abends: Ihr Blowjob. Tammy kann so gut blasen wie kaum eine andere. Sanft, aber gleichzeitig mit ausreichend Druck umfasste sie meinen Pimmelmann und wichste ihn in ihren Mund. Als er vollsteif war, machte sie nur noch mit dem Mund weiter. Ihre rechte Hand kraulte meine Hoden, ihre linke lag an meiner Peniswurzel.

Als es ernst wurde, wurde ihre linke Hand wieder aktiv und unterstützte ihren Mund bei der Arbeit. Sie machte es genauso wie Paris Hilton in ihrem Sexfilmchen „One Night in Paris".

Ich kam zu einem Hammerorgasmus. Tammy lächelte, mein Sperma tropfte aus ihrem Mund, es sah so geil aus. Zum Abschluss nahmen wir ein schönes Bad. Tammy lehnte sich dermaßen erotisch in meinen Schoß, dass ich schon wieder einen Steifen bekam.

Sie grinste und wollte noch einmal ficken. Das Wasser spritzte aus der Wanne, was uns aber so was von egal war. Ich nahm sie von hinten und rammelte wie ein Weltmeister. Mit letzter Kraft kam ich zum vierten Mal innerhalb von 3 Stunden. Ich küsste sie und versprach ihr ein Wiedersehen.

2 Monate später bearbeitete ich meine Handykontaktliste und blieb bei Tammy hängen. Ich rief sie an und sie war sehr erfreut, meine Stimme zu hören: „Hey, Tiger, dass es Dich auch noch gibt." „Tja, war viel unterwegs", erklärte ich und kam zum Punkt: „Hast Du Lust auf wilden Sex?" „Ja, gerne! Du kannst heute vorbeikommen. Ich bin ab 17 Uhr zu Hause."

„Perfekt", sagte ich, „bis dann", und freute mich auf das Frauen-Luder. Ohne Umweg landeten wir im Bett, wo sie mir zur Einstimmung einen blies. „Ich habe mein iPhone dabei, darf ich ein paar Klicks machen?", fragte ich frech. „Klar", meinte sie, „mach ruhig" und lutschte weiter. Ich griff neben das Bett und holte das Gerät aus meinem Aktenkoffer. Tammy liebte dieses Spiel und posierte schön mit meinem Schwanz im Mund.

Nach 6 Minuten war es soweit: Ich schoss meine Ladung in ihr Gesicht und drückte gleichzeitig ab. Das Bild, das ich sah, war oberaffengeil: Tammy grinste in die Kamera, Mund offen, Zunge draußen, ihre rechte Hand um meinen Penis, ihre linke Hand an meinen Hoden, ihre Brüste drauf, mein Sperma auf dem Weg in ihr Gesicht. Und alles gestochen scharf!

Ich legte das Phone beiseite. Genug geknipst, jetzt wird gefickt. Wir taten es in der Löffelchenstellung und beendeten es Doggy Style, oben rein. Irre. Ihr Po war so schön und jung, ich strahlte vor Glück. Nach einer kurzen Pause ging es weiter. Ich rubbelte ihre Clit heiß und leckte mit meiner Spezialtechnik weiter und tiefer, bis sie spitze Schreie ausstieß. Orgasmus!

Nun war ich dran, verwöhnt zu werden. Sie schob mich vor den großen Wandspiegel, stellte sich hinter mich und begann, mir einen runterzuholen. Ich sah genüsslich zu, wie sie es mir besorgte.

Als es kam, landete es auf dem Spiegel, der immer trüber wurde und zulief. Ich hatte noch nie zuvor einen Spiegel vollgewichst, aber schließlich muss immer irgendwann das erste Mal sein. Die Tammy putzte das edle Teil sauber, dann meinen Schwanz. Ich hatte genug, aber Tammy wollte mehr. Typisch für diese kleine Drecksau.

Sie zeigte mir eine Kamasutra-Stellung. „Ui, gelenkig", meinte ich und verbog mich aufs Beste. Irgendwie ging es, doch nach 5 Minuten tat mir der Rücken weh. Ich fickte normal weiter und wollte kommen. „Noch nicht, weiter!", befahl sie mir. Na gut. Ich presste den Orgasmus weg und konzentrierte mich auf die Mechanik. Doch ihr Anblick war zu schön. Ich kam.

„Schon fertig?", fragte sie. „Schade." „Sorry", entschuldigte ich mich. „Das liegt an Dir, Du bist so geil." Das waren die richtigen Worte, die wollte sie hören. Mit supergeilen Exklusivfotos im Gepäck verabschiedete ich mich von Tammy und konnte es kaum erwarten, diese auf meinem Laptop zu betrachten. Die Pics waren besser als alle Pornobilder, die ich auf meinem PC habe.

Tammys Blick war geil, verrucht, sexy, mädchenhaft, erotisch, verführerisch, doppelgeil. Mit unglaublicher Leidenschaft verwöhnte sie meinen Penis, ich hatte sofort einen Steifen und legte Hand an. Die Pics wirkten so real. Als Höhepunkt kam der Cumshot, auf dem Foto und in meiner Hose. Ich war happy, verklebt und elektrisiert. Tammy, Du bist eine Sexgöttin!

Bianca, die Partymaus

„Ich komme, ich komme!", stöhnte ich und kam in ihr Gesicht. Aber nicht in das meiner Frau Andrea, sondern in das der süßen Bianca. 18 Jahre war sie jung, Azubi zur Bürokauffrau und verdammt hübsch. Ich hatte sie auf einer netten Geburtstagsfete eines Kumpels kennengelernt und angequatscht. Schüchtern war sie, aber nur die ersten Minuten, dann ging sie ran und wir tanzten eng und sexy zusammen.

Andrea war zu Hause und kümmerte sich brav um unser Baby John Paul. Andrea und ich waren so glücklich zusammen … und frisch verheiratet! Die Zeremonie fand in MÜ-Starnberg statt und wir feierten mit unseren Familien und engsten Freunden. Die Hochzeitstorte war genau so schön wie die Hochzeitsnacht, in der ich Andrea immer wieder ins Ohr hauchte, wie sehr ich sie liebe und wie glücklich ich mit ihr sei. Sie erwiderte meine Liebesschwüre mit einer Salve an Küssen. Tausende, ach hunderttausende waren es in dieser Nacht.

Und nun dies: Ich im Bett einer anderen. Wieder mal. Nichts Neues. Es ist mein wöchentlicher Sport, mein tägliches Brot. Ich war seit dem Zusammenzug mit Andrea, der Heirat und unserem Familienzuwachs nicht besser geworden – immer noch trieb und treibe ich es wild und regelmäßig mit hübschen Mädels von damals, von heute und von morgen. Das brauche ich! Das hält mich jung und frisch, ausgeglichen und froh. Andrea bekam und bekommt davon nichts mit. Gott sei Dank!

Wir hatten während und direkt nach Andreas Schwangerschaft wenig Sex. Zärtlichkeit und Nähe waren uns wichtiger. Wenn ich Lust hatte, ließ ich mir von ihr einen blasen oder einen runterholen, oder wir schliefen ganz vorsichtig und behutsam miteinander, aber mein Trieb blieb dabei unberücksichtigt.

Daher jetzt der Fick mit Bianca. „Hast Du Lust, zu mir zu kommen?", fragte sie mich auf besagter Party gegen 22 Uhr. Alkohol hatte sie mächtig intus, das musste ich ausnutzen. Ein einfacher Fick. Also zu ihr. Bianca wohnte bei ihren Eltern, aber diese waren verreist, so stand uns das ganze schöne Haus zur Verfügung.

Nachdem sie mich auf den Mund küsste, begann sie, aus ihrem Kleid zu schlüpfen. Ihr Körper war sehr schön und jung. Faltenfrei und neu. Ihre mittellangen, hellbraunen Haare wehten mir entgegen, ihre Unterwäsche war reiz- und stilvoll. Rosa Stoff, der mehr offenbarte als verhüllte.

Schnell war sie an mir und schmiss mich auf das Ehebett ihrer Eltern. „Lass uns in Dein Zimmer gehen", meinte ich, doch schon war es zu spät und sie mit meiner Hose beschäftigt. „Hier ist es geiler", hauchte sie mir ihre Promille entgegen und knutschte mich fest. Ihre Zunge wollte wohl in meinem Hals angeln, so tief stieß sie diese hinein.

Ich zog ihr BH und Slip aus und bestaunte ihren Traumkörper. Schöne Titten hatte sie, große und feste, ein niedliches Piercing zierte ihren Bauchnabel, ein kleines Büschel Schamhaare ihre Pussy. Wenige Sekunden später war auch ich nackt und fing an, ihren Körper zu liebkosen. Zuerst mit den Händen, dann mit dem Mund. Bianca stöhnte nicht schlecht, als ich sie mit meinen Zungenspielen leckte.

„Auweia!", schrie sie und kam. Ihr Becken bäumte sich auf und zuckte wie ein Zitteraal. Ich konnte ihre Kontraktionen spüren und schmecken, ihre Soße war köstlich. „Du bist ein begnadeter Lecker", stammelte sie und strahlte mich besoffen und glücklich an. „Ich weiß", freute ich mich über das Lob.

„Und jetzt, fick mich!", forderte Bianca und legte sich offen wie ein Buch hin, Arme und Beine gespreizt. Mein Pimmelmann war ohnehin schon hart und ich führte ihn in ihre saftige Lustgrotte ein. Ohne Kondom. Wir hatten keines, ihre Eltern leider auch nicht. Egal. Zieh ich ihn halt rechtzeitig raus, wenn es soweit ist. Meine Stöße waren hart, das brauchte ich. Bianca schien es zu gefallen, sie konnte die kräftigen Knaller gut nehmen und stöhnte „Weiter, weiter, geil!" vor sich hin.

Nach 8 Minuten spürte ich meine Hoden ziehen und den Orgasmus kommen, also holte ich meinen Prügel an die frische Luft und schenkte Bianca eine Gesichtsbesamung 1. Klasse. So etwas hatte sie wohl noch nie erlebt. Erstaunt zuckte sie zusammen und ließ Ladung für Ladung geschehen. Der Orgasmus war heftig und tat mir gut, ich fühlte mich frei und richtig wohl.

„Hey, ins Gesicht kommen mag ich nicht!", lallte mich Bianca nach vollendeter Tat an. „Und warum hast Du dann hingehalten?", konterte ich. „Weil es geil war!", lächelte sie und küsste mich mit meinem Sperma. Nach 20 Minuten Erholung ging es in die nächste Runde. Bianca wollte mir nun einen blasen, das konnte sie ziemlich gut. Ich lag auf meinen Buchstaben und sah zu, wie sie zuerst mit ihrer Zunge meinen ganzen Körper befeuchtete. Elektrisierend war es an einigen Stellen, an anderen eher langweilig. Schließlich näherte sie sich meinem Dong.

„Los, nimm ihn in den Mund!", befahl ich ihr, doch sie gehorchte nicht und leckte erst mal meine Eier, was mir auch gefiel. Dabei streichelte sie sich selbst die Pussy und sonderte lustvolle Stöhner ab. Mein Prügel stand wie eine 1 und wollte mehr. Behutsam begann sie, mit ihrer Zunge meinen knapp 15 cm langen Schwanz hoch zu lecken. Als sie oben war, ließ sie ihn in ihren Mund gleiten und startete mit dem Blowjob.

Ihre rechte Hand kraulte dabei meine Nüsse, geil. Ihr Mund war warm und feucht, ihre Blasqualitäten standen außer Frage. Langsam, dann immer schneller rutschten ihre Lippen hoch und runter und trieben mich in den Wahnsinn. Als ich kam, hielt sie inne und ließ die Soße in ihren Rachen laufen. Dann ein paar kräftige Sauger, dann wieder Stillstand. Ungewohnt war dieses Vorgehen, aber geil!

Das liebe ich so sehr an meinen Abenteuern. Jede Tussi macht es anders. Die eine macht es schnell, die andere langsam, mal mit mehr Druck, mal mit weniger, mit einer oder mit beiden Händen, mit Mund oder ohne, tief hinein oder nur die Penisspitze ... Jede Hand und jeder Mund fühlt sich anders an. Jeder Körper sieht anders aus. Jede Muschi schmeckt anders. Mann, ich liebe es!

Während ich mich erholte, hörte ich ein lautes Schnarchen. Ich drehte mich um und sah Bianca mit offenem Mund im Land der 10 Pharaonen. Da lag sie, erschöpft und besoffen, müde und sexy. Mein Sperma klebte noch an ihren Lippen. Davon musste ich ein Foto machen. Klick! Ich wischte ihr das Sperma vom Mund, verdrückte mich und fuhr nach Hause. Die Andrea schlief schon und hatte John Paul in ihrem Arm. Ich duschte und schlief glücklich mit meinen beiden Schätzen ein.

Sissy & Svenja, die Zuckersüßen

Andrea war 3 Wochen auf Kur. Sie genoss. Ihr ging es gut. Und ich? Ich war bei einer nächtlichen Räumaktion unsere Kellertreppe heruntergestürzt. Während ich nun im vollen Wartezimmer meines Hausarztes saß und die Schmerzen spürte, rief mich Andrea an. „Wie geht´s Dir, mein Schatz?", fragte sie mich liebevoll. „Nicht gut", entgegnete ich, „ich sitze beim Arzt, bin gestern Nacht ausgerutscht und unsere steile Kellertreppe heruntergeplumpst."

„Oh mein Gott, Schatz!", kreischte sie und bemitleidete mich wie Hannes. „Ich sitz hier beim Arzt, es wird schon nichts gebrochen sein, aber ich schicke Dir mal ein Foto von meinem Gesicht. Nichts für schwache Nerven."

Ein paar Selfies später kam ein schockiert-geschriebenes „Oh mein Gott!!" zurück und mein Handy klingelte. „Oh mein Gott!!", schrie Andrea in den Hörer und bemitleidete mich wie Hannes 2. Als ich aufgerufen wurde, würgte ich Schatz ab und folgte der jungen Schönheit ins Ärztezimmer.

Der Doc checkte mich komplett durch und meinte, dass nichts gebrochen sei. Zum Glück! Lediglich die Prellungen und Schürfwunden würden mich noch ein wenig begleiten. Er verschrieb mir gute Salben und Schmerztabletten.

Das kesse, schwarzhaarige Empfangsmädchen lächelte mich freundlich an und werkelte an ihrem PC herum, bis meine Rezepte ausgedruckt waren. Ich flirtete sanft mit ihr, doch fühlte mich aufgrund meines entstellten Aussehens nicht in der Lage und Position, weiter zu gehen. Sie war hübsch und blutjung!

Höflich verabschiedete ich mich von ihr und ging in die nächste Apotheke. Die Schmerztabletten wirkten gut, am nächsten Tag ging ich zur Arbeit und tischte meinen Untergebenen die Story vom Treppensturz auf. Der Tag verging dank viel Arbeit wie im Flug, und abends fand ich mich im Kaufland wieder, wo ich mit dem Wagen voller Getränkekisten und sonstigen Einkäufen die Kassen ansteuerte. Doch wie so üblich sind dort kurz vor Feierabend meterlange Schlangen an jeder Zahlstation.

Ich ärgerte mich und schaute mich um. Und wer stand direkt hinter mir? Die Süße vom Doc! Sie strahlte mich an und meinte grinsend: „Hey, so trifft man sich wieder." Ich freute mich und setzte mein bestes Lächeln auf. „Wie geht´s Ihnen heute?", fragte sie mich liebevoll. „Besser", meinte ich, während mein Blick auch auf das braunhaarige Mädel neben ihr fiel. So etwas Geiles hatte ich lange nicht mehr gesehen.

„Ach, das ist die Svenja, meine Mitbewohnerin", stellte sie mir die Svenja vor. Ich war hin und weg, sexuell überaus gereizt. Während wir weiter an der Kasse warteten, nutzten wir die Zeit mit Smalltalk. Ich erfuhr, dass Svenjas Mitbewohnerin Sissy hieß und beide 18 waren.

Während Sissy ihre Ausbildung bei Onkel Doc gestartet hatte, war Svenja Azubi bei der Post. „Wir führen unsere WG seit 3 Monaten, sind beide Singles, somit ist alles lässig." Gefiel mir. Ich erzählte den beiden nichts von Andrea, sondern ließ sie im Glauben, auch Single zu sein.

Als ich endlich dran kam und knappe 100 Euro los war, wartete ich höflich auf die beiden Prinzessinnen, die – pünktlich zum Wochenende – auch einige alkoholische Drinks eingekauft hatten. Auch Sekt war dabei. „Heute wird fett gefeiert", erklärte mir Svenja. „Wissen Sie was?", fragte mich Sissy auf einmal. „Wenn Sie Lust und Zeit haben, feiern Sie doch mit, der Alkohol wird Sie ablenken von den Schmerzen, die Sie sicher noch haben."

„Woher kennst Du ihn eigentlich?", fragte Svenja halblaut ihre Freundin ins Ohr. „Aus der Praxis", gab diese zurück, „der Arme ist die Treppe heruntergestürzt." Und schon wieder wurde ich bemitleidet wie der gute, alte Hannes. Ich witterte meine Chance und sagte den beiden spontan zu.

„Wenn Sie jetzt schon Zeit haben, kommen Sie gleich mit, unsere Party startet in genau dem Moment, wo wir unser Heim betreten." Ich konnte auch hier nicht Nein sagen, und nachdem wir unsere Einkäufe in unseren Wägen verstaut hatten, fuhr in den beiden nach und war gespannt, was ich an diesem Abend alles erleben würde. 10 Minuten später betrat ich eine kleine, aber freundliche 3-Zimmer-Wohnung in der Panterostraße in Aufkirchen.

Die Mädels wohnten in einem Mehrparteienhaus im obersten Stock mit schöner Aussicht vom Mini-Balkon auf eine Grünanlage. Sissys Zimmer war sehr mädchenhaft eingerichtet, das von Svenja deutlich erwachsener. Das Wohnzimmer verfügte über eine große, lange, breite, einladende Couch.

Nacheinander verschwanden die Mädels in ihren heiligen 4 Wänden, um sich abzuschminken und leger anzuziehen. Sissy kam im flusigen Shirt und Jogginghose zurück, Svenja in Dreiviertelhose und Sweatshirt darüber. Sexy sah das nicht aus. Auch der Abend verlief anders als geplant. Es war eine nette Dreierrunde. Die beiden Girls machten keine Anstanden, dass es auf Sex hinauslaufen würde. Schade.

Wir stießen Sekt an und tranken ihn. Dann ging es weiter mit Alcopops. Sissy und Svenja wollten scheinbar einfach einen lustigen Abend haben und feiern. Na gut, feiere ich halt mit. Die Musik lief laut und der Film „XXX" mit Vin Diesel flackerte auf dem Laptop. Und es wurde geraucht. Das mag ich nicht gerne. Eine nach der anderen wurde gequalmt, aber da musste ich durch, denn witzig war es mit den beiden ja schon.

Je länger der Abend ging, desto wilder wurde er auch. Irgendwann spielten wir komische Spiele wie Blinde Kuh und Flaschendrehen, aber sexuell ging leider nichts. War mir mittlerweile auch egal. Ich wusste, ich bin zu angetrunken, um Auto zu fahren, also plante ich, bei den beiden auf dem Sofa zu schlafen. Außerdem ist ja ohnehin morgen Wochenende. Irgendwann um 3 Uhr morgens schlief ich ein.

Wach wurde ich um kurz nach 7, als ich dringend pinkeln musste. Das Wohnzimmer sah schlimm aus, hier wurde definitiv eine große Party gefeiert. Ich pisste 2 Minuten lang alles heraus und schaute in den Spiegel: Wenn mich Andrea so fertig sehen würde …

Zurück auf die Couch und weiterschlafen. Sissy und Svenja lagen auch auf der Couch, beide schnarchten besoffen vor sich hin. Ich betrachtete sie: Sissys langen, schwarzen Haare waren schön und gut gepflegt. Ihr Gesicht war jung und sexy. Besonders die Nase hatte eine für mich sehr reizende Form. Ihre Hände waren klein und niedlich, die Finger schmal. Ich schätzte sie auf 50 kg bei einer Größe von 1,65 m.

Svenjas Haare waren braun und mittellang. Ihr Gesicht glich dem einer Göttin. Ihre Hautfarbe war heller als Sissys und sie hatte größere Möpse, das konnte ich klar erkennen. Sie lag seitlich, was mir eine gute Sicht auf ihren Po ermöglichte. Perfekt war der.

Ich rieb mir die Augen und spürte, dass in meiner Hose etwas steif wurde. Und plötzlich war der Trieb da, der mich über all die Jahre auszeichnete und der mir hoffentlich bis zu meinem letzten Atemzug ein treuer Freund und Begleiter sein wird. Ich wurde geil! Doch beide schliefen und ich sah keine Chance auf sexuelle Handlungen mit ihnen, also erledigte ich es auf die einfache Tour: Ich holte mir einen runter.

Das hatte ich lange nicht mehr gemacht, weil ich es einfach nicht nötig habe. Entweder komme ich bei meiner Andrea, die mich gerne mit Händen und Mund verwöhnt, gerne komme ich auch tief in ihr. Oder es sind diverse andere Frauen, die ich ficke und mit denen ich mich sexuell austobe, wo ich meine Orgasmen habe.

Während ich am Ende des Sofas Platz nahm, sodass ich eine perfekte Sicht auf beide schlafenden Sex Toys hatte, knetete ich ihn mächtig hin und her, bis er steif wie ein Eisenträger war. Nun begann ich zu wichsen. Zuerst fokussierte ich Svenjas geilen Hintern an und erfreute mich an ihm, dann konzentrierte ich mich auf Sissys engelhaftes Gesicht und ihre kleinen, feinen, warum nicht meine Hände.

Ich war immer noch angeschlagen von der durchzechten und alkoholbeladenen Nacht und hatte wohl nicht die komplette Übersicht, denn mittlerweile musste Svenja wach geworden sein, denn ich hörte sie auf einmal laut fragen: „Hey, was machst Du denn da?" „Psssssst!", verbot ich ihr das Drama und hielt meinen Zeigefinger an meinen Mund. Das wirkte. Svenja verstummte und glotzte mich schockiert an.

„Das siehst Du doch", flüsterte ich ihr zu und hielt meinen Dong fest in der anderen Hand. Sie war immer noch sprachlos. „Ich muss Druck abbauen", erklärte ich im Flüsterton, „ich bin schon seit einer halben Stunde wach und er ist steif wie ein Eisenträger. Das hält kein Mann aus." Svenja begann verständnisvoll zu nicken und verschwand im Badezimmer.

19

Ich war verunsichert. Zumindest hatte sie keinen bösen Alarm geschlagen und Sissy wachgebrüllt. Ich hielt meinen Ständer immer noch in Stellung, als sie zurückschlich, zu mir kam, mich an die Hand nahm, den Zeigefinger mit einem „Psssssst!" an ihren Mund hielt und mich in ihr Zimmer führte. Dann schloss sie die Tür. Oh Mann, was hat die jetzt vor? Mir einen Anschiss verpassen? Mich rausschmeißen? Es kam anders. Svenja drückte mich auf ihr Bett, schob meine Dong-Hand beiseite, kniete sich vor mich und meinte nur: „Ich erledige das für Dich."

Ich blickte in ihr müdes Gesicht, doch müde war ihre linke Hand nicht. Die wichste ziemlich schnell los, mit dem einzigen Ziel, mich zu erlösen von meiner Blutstau-Pein. Viel Erotik war nicht dabei, es sollte ein schneller, gnadenloser Handjob werden, ohne Gefühle, ohne Spiel, einfach mechanisch durchgeführt. Doch das konnte sie sehr gut. Ihre langen Finger passten gut um meinen Dong, und Wichsen konnte sie auch gut.

Fest entschlossen und eng umschlossen schenkte sie so meinem Penis die Erlösung, die er brauchte. Schon nach 2 Minuten Arbeit spürte ich meinen Orgasmus kommen und kündigte ihn an. Svenja veränderte ihre Position, sodass ich nach vorne wegspritzte, während sie von der Seite weiterwichste. Sie wichste immer weiter, bis ich leer war und mein Penis schaff wurde.

Kommentarlos zog sie mich dann wieder hoch und zurück ins Wohnzimmer, wo sie sich auf die Couch legte und ihre Augen schloss. Aha, ich hatte verstanden. Weiterschlafen ist angesagt. Gut.

Ich legte mich auf die freie Sofastelle und schlief – wie mir befohlen – kurze Zeit später ein. Wach wurde ich durch den herrlichen Geruch frischer Croissants. Ich blickte neben mich, doch neben mir lag keine mehr. Die beiden Mädels standen in der ins Wohnzimmer integrierten Küchenzeile und waren mit der Vorbereitung des Frühstücks beschäftigt.

Mich lächelten 2 Tangas an, Sissy trug einen gelben, die Svenja einen schwarzen. Beide zeigten viel mehr Po als String. Geil! Darüber hatten sie bauchfreie Tops. Alles sehr sexy. Ich sah auch die Uhr an der Wand, die zeigte 12:15 Uhr. „Guten Morgen", lallte ich etwas schlaftrunken in den Raum hinein. „Guten Morgen", lallte es von den beiden zurück.

Sie sahen mich an, und ich konnte erkennen, dass sie definitiv ein paar Liter zu viel Alkohol konsumiert hatten. Etwas zerzaust sahen sie aus, aber beide waren lieb zu mir und ich freute mich, nicht sofort aus der Wohnung geschmissen zu werden. Man hat ja alles schon einmal erlebt.

Nachdem ich mich im Bad frisch gemacht und geduscht hatte, schlurfte ich in meiner Bermuda-Unterhose und Brusthaar zeigendem Shirt an den Wohnzimmertisch, an dem die beiden Girls bereits auf mich warteten. „Kaffee?" „Kaffee!" Netter Smalltalk während des Frühstücks. „Ich habe Kopfschmerzen", schoss es plötzlich aus Sissy heraus. „Oh Mann, das waren echt ein paar Gläschen zu viel gestern", hielt sie sich den Kopf fest, „ich habe durchgeschlafen wie ein Murmeltier, wie tot."

„Ich nicht", konterte Svenja, ich wurde gegen 7:30 Uhr wach." Sie blickte mich an und richtete ihren Zeigefinger auf mich: „Und zwar wegen ihm." „Wegen mir?", fragte ich überrascht zurück. „Yes, ich bin wegen Dir wach geworden, kannst Du Dich nicht mehr erinnern?" „Doch", murmelte ich verlegen zurück, was Sissy neugierig machte. „Was war denn los?", fragte sie wissbegierig in die Runde.

„Ach, nichts", stammelte ich zurück, doch das reichte ihr nicht. Sie fixierte Svenja, die ihr bereitwillig Auskunft gab: „Er konnte nicht schlafen, hatte einen Dauersteifen, da habe ich ihm kurz geholfen, und dann war alles wieder in Butter." Ich war sprachlos.

Mit welch einer verdammten Selbstverständlichkeit die Svenja über ihren Handjob an mir sprach, das erschütterte mich. Doch Sissy reagierte anders, als ich erwartet hatte. Sie blickte mich an, von oben bis unten, dann prustete sie los vor Lachen. Sie spielte dieses Lachen nicht, sondern verschluckte sich fast daran. Ich verstand nicht, was daran lustig war, und auch Svenja schaute wie ein Bahnhof.

„Also, das ist ja eine ulkige Geschichte, die ihr mir hier auftischt", keuchte Sissy mit Tränen in ihren Augen. „So etwas Doofes habe ich echt schon lange nicht mehr gehört." „Aber es stimmt", protestierte Svenja, „Du, das war wirklich so." „Ja, es stimmt, es war wirklich so", unterstützte ich Svenja. Sissy prustete schon wieder laut los und fiel vor Lachen fast vom Stuhl.

21

Svenja wurde zornig, stieß ihrer Freundin mit dem Ellenbogen in die Rippen und schaute sie böse an. „Hör auf, hier den Affen zu spielen. Es war so. Punkt!" Nun schien Sissy zu verstehen. Ihr Anfall endete, sie schaute uns mit großen Augen an und verstand, dass wir ihr nur die Wahrheit erzählt hatten.

„Krass", brachte sie heraus, „echt?" „Ja, ich wurde um 7 Uhr in etwa wach und hatte einen Steifen. Konnte nicht mehr einschlafen. Ich hab´s versucht, ging aber nicht. Da wollte ich mich schnell erleichtern. Dabei ist dann Svenja wach geworden, hat das mitbekommen und mir dabei geholfen. 5 Minuten später sind wir dann wieder eingeschlafen."

Meine ehrliche Ausführung erntete ein ständiges Nicken bei Svenja und einen offenen Mund bei Sissy. „Du hast ihm einfach so einen runtergeholt?", mahnte sie ihre WG-Partnerin an. „Ja, wo ist das Problem?", schoss Svenja zurück. „Du hast Sex mit ihm gehabt!" „Nö, war doch kein Sex, nur ein Handjob!"

Die Diskussion der beiden Mädels ging weiter … doch langsam fing es an zu nerven. Ich verstand Sissys komisches Verhalten nicht, was für ein Problem hatte sie? War sie eifersüchtig? Prüde? Oder einfach nur asexuell?

„Schluss jetzt, verdammt noch mal!", plärrte ich dazwischen. „Hört auf damit!" Ruhe. Wo ist das Problem, Sissy?", fragte ich sie direkt ins Gesicht. „Svenja hat mir einfach kurz einen runtergeholt, mehr nicht. Es ist nichts anderes passiert. Ich konnte nicht schlafen, hatte einen Steifen, wollte mich erleichtern, sie wurde wach, hat das gesehen und mir geholfen. Das war´s. Mehr nicht."

Mein Anschiss wirkte. Sissy hatte Tränen in den Augen, diesmal aber nicht vor Freude, sondern von meinem Angriff. Svenja nahm sie in den Arm und tröstete sie. Ich entschuldigte mich, sollte ich etwas zu laut geworden sein, da schniefte Sissy in Svenjas T-Shirt hinein: „Und, wie war´s?"

„Normal, ich weiß nicht, ich kann mich an keine Details erinnern. Ich habe ihm einen runtergeholt, drüben in meinem Zimmer, auf dem Bett, er kam, fertig." Sissy schien sich für den Tathergang zu interessieren. „Und wie war das für Dich?", drehte sie sich zu mir um. „Schön", antwortete ich lässig, „wie gesagt:

Ich wurde wach mit einem Steifen. Ich wollte ihn ignorieren, doch merkte, dass er gestaut war und einfach kommen wollte. Dann sah ich Euch beide da so süß und sexy liegen. Ich wurde wacher und konnte erst recht nicht weiterschlafen. Da wollte ich es mir schnell selbst machen, damit ich wieder schlafen kann. Da wurde auch schon Svenja wach und fragte mich, was ich da mache. Ich erklärte es ihr, da meinte sie, sie werde mir schnell helfen. Sie nahm mich rüber und holte mir zügig einen runter."

„Jaja, und wir war´s?", fragte Sissy mich erneut.

„Schön, habe ich doch schon gesagt", wiederholte ich mich, „aber ich kann mich auch nicht an jede einzelne Handbewegung erinnern." Das Gesprächsthema war nicht ohne, denn mein Penis war mittlerweile steif dadurch geworden. Ich bemerkte das in der Hitze des Gefechtes gar nicht, aber Sissy, die schräg neben mir saß, sah das.

„Und jetzt hast Du wieder einen Steifen, der erleichtert werden muss?", fragte sie mich frech. Ich schaute nach unten und kapierte meine Erregung. „Äh, nein … naja … schon … ja", stammelte ich verlegen zurück. „Dann bin aber ich dran", rief Sissy fröhlich durch den Raum und griff – bevor ich es verhindern konnte und wollte – an und in meine Shorts.

Durch die Pinkelöffnung zog sie meinen Dong an die frische Luft. Ich saß am Frühstückstisch und Sissy wichste mir einen runter. Svenja blieb seelenruhig auf ihrem Platz, von dem sie nichts Genaues sehen konnte, sitzen und frühstückte einfach weiter.

Sissy aber konzentrierte sich sehr auf mich und vögelte mich mit ihren Augen. Sie setzte alle ihre Reize ein, um mir einen guten Orgasmus zu beschaffen. Ich schaute an mir hinab und sah, wie ihre kleine Hand gute und zügige Arbeit leistete. Ihr Handjob war – genauso wie der nächtliche Svenjas einige Stunden zuvor – nur auf ein einziges Ziel ausgelegt: Meinen schnellen Orgasmus.

Nach 4 Minuten wurde ich unruhig und schoss die erste Samenladung heraus. Die Sissy grinste und wichste brav weiter. Mein Sperma verteilte sich auf meiner Seite der herabhängenden Tischdecke und ich spürte eine wunderschöne Entspannung in meinen Körper einströmen.

Easy wischte Sissy ihre nassen Hände an der Serviette ab und nahm sich das nächste Croissant vor. Ich wischte meinen Dong mit meiner Serviette sauber, steckte ihn wieder in meine Unterhose hinein, knöpfte diese zu und griff auch nach dem nächsten Croissant. Lecker waren die.

„Und, wie war´s?", frage mich die Sissy aufreizend mit extra Lidschlag. „Schön, danke", erwiderte ich und kaute kräftig weiter. „Das freut mich", grinste Sissy, und wir aßen gemütlich zu Ende. „Also, ich muss schon sagen, das waren 2 der seltsamsten Handjobs, die ich in meinem Leben bekommen habe" – mit diesen Worten beendete ich unser Frühstück. „Hä? Wie meinst Du das denn?", fragten Svenja und Sissy fast synchron.

„Naja", schaute ich in die Luft und holte Luft: „Ich bin hier mit 2 wunderschönen Mädels. Wir haben uns gestern kennengelernt und zusammen Party gemacht. In der Nacht holt mir die eine einen runter, nur um mir behilflich zu sein, und am Morgen holt mir die andere am Esstisch einen runter, nur um auch mal machen zu dürfen. Und dabei isst die eine seelenruhig weiter. Ist schon ein krasses Szenario, oder, meint Ihr nicht?"

Die beiden überlegten: „Hm, also so, wie Du es erzählt, klingt es schon seltsam, aber ich glaube nicht, dass Du Dich beschweren kannst: Du hast innerhalb von 6 Stunden 2 Orgasmen von uns bekommen", flötete Sissy zurücksüß zurück. „Schon", flötete ich zuckersüß zurück, „aber so bin ich das einfach nicht gewohnt." „Und wie bist Du es denn gewohnt?", mischte sich Svenja ebenso zuckersüß ein.

„Ich bin es gewohnt, dass das Ganze auch mit Erotik zu tun hat. Müde nachts schnell einen abwichsen oder während des Essens gegen die Tischdecke schütteln, während das halbe Brot noch im Mund steckt, hat nichts allzu Erotisches an sich. Ich habe es viel lieber mit schönem Vorspiel, Zärtlichkeit, Ihr wisst schon, einer sexy Stimmung, Magie in der Luft, wo man nackt zusammen in Fahrt kommt und dann sich auch gegenseitig verwöhnt. Das macht doch guten Sex erst aus."

„Ja, ich verstehe, was Du meinst", diskutierte Sissy mit und schaute ihre Busenfreundin Svenja an. Dann tuschelten die beiden. Ich verstand kein Wort, aber die Blicke der beiden waren ziemlich obszön.

„Gut, Du bekommst, was Du willst", drehte sich Sissy zu mir um. Sie drückte an ihrem Handy herum, bis Kuschelmusik erklang. Sie zog die Vorhänge zu. Sie und Svenja marschierten an mir vorbei und legten sich lasziv auf die große Couch.

„Na, dann komm her, Großer", forderten sie mich auf, ihnen zu gehorchen. Ich gehorchte. Ich gesellte mich zu beiden, und schon war es Svenja, die ihre Lippen zum Küssen einsetzte. Auf den Mund. Um den Mund. In den Mund. Die kannte alle Tricks und keine Hemmungen. Auch Sissy war aktiv und streichelte meinen gut trainierten Oberkörper unter dem T-Shirt, das kurz darauf zu Boden flog. Auch die beiden Tops der Mädels flogen schnell und ich knetete 2 Paar schöne Brüste durch.

Auch Sissy wollte knutschen, sie schmeckte nach Aprikosen-Marmelade. Ja, ich mag Aprikosen-Marmelade! Mir wurde immer heißer, obwohl ich nun auch meine Boxershort verlor. Sissy streichelte meine Hoden, während Svenja meinen Penis sanft zu wichsen begann.

Ich musste aktiv werden und zog den beiden ihre geilen Strings runter. Zum Vorschein kamen Blanke Pussy 1 und Blanke Pussy 2. Svenja hatte deutlich größere Schamlippen als Sissy, aber alle 4 waren schön und jung. Ich lag auf dem Sofa wie Gott in Frankreich. Bevor ich Mösen-Billard mit meinen Händen spielen konnte, krochen die beiden zu meinen Füßen und gaben mir einen Double Blowjob des Wahnsinns. Sissy konnte irre gut blasen, ihr enger Mund und ihre kleine Hand passten perfekt um meinen Dong.

Auch Svenja konnte sehr gut blasen, ihre größere Hand fühlte sich ganz anders an meinem besten Stück an und ihre Zunge spielte Tremolo mit. „Und, gefällt Dir das so? Entspricht das Deinen Vorstellungen?", fragte Sissy lutschend. „Ja, perfekt so", stöhnte ich und ließ mich weiter stimulieren.

Die beiden ließen sich bewusst Zeit und wollten mich – anders als davor bei den schnellen, rein mechanischen Handjobs – richtig verwöhnen. Das gelang ihnen zu 110 Prozent. Mein 15 cm langer Penis stand wie eine Eins, die beiden wurden immer sinnlicher und gaben sich beste Mühe, mich auch optisch perfekt zu stimulieren. Auch das gelang ihnen zu 110 Prozent. Nun wurde es langsam ernst:

Ich spürte meinen Orgasmus mit 110 Sachen anrollen. Er wurde immer schneller, dass ich keine Warnung mehr ausstoßen konnte, stattdessen meinen Saft ausstieß. Ich kam, als ich gerade tief in Sissys Mund steckte. Doch das Luder zuckte keine Sekunde, sie blies und streichelte engagiert und souverän weiter, bis sie ihn Svenja übergab, die auch noch etwas Restsperma abhaben wollte.

Ich muss sagen: Dieser Orgasmus war um 110 Meilen besser als die beiden davor zusammen. Grinsend kuschelten sich die Girlies an mich und mein Leben als Gott in Frankreich bestätigte sich. „Wow, das war mega", lobte ich sie und küsste sie hintereinander auf den Mund. So lagen wir 5 Minuten beisammen, ehe Svenja sich meldete: „Du hast vorhin am Tisch etwas von gegenseitig verwöhnen gesagt. Das meintest Du auch so, oder?" „Klar, keine Sorge", beruhigte ich ihre Zweifel, „jetzt seid Ihr dran."

Sagte ich und begann, beide Frauenkörper zu streicheln. Die Bodies fühlten sich schön und jung an, straff, unverbraucht. Meine Hände wanderten über die Brüste tiefer zu den Blanken Muschis.

Svenja und Sissy lagen eng zusammen und hielten sich die Hand, wie süß! Sie genossen es miteinander, wie ich ihre Clits berührte und schließlich anfing, daran zu rubbeln und zu knabbern. Sissy stöhnte laut und aggressiv, Svenja leise und depressiv. Nun war Zungenakrobatik angesagt. Mit meiner besonderen Leck-Technik leckte ich Sissy zu 3 heftigen Orgasmen, während ich Svenjas Pussy fingerfickte.

„Ich will auch, will auch!", wünschte sich Svenja lautstark und zog meinem Kopf nach Sissys Highlights fest zu sich herüber. Ich verwöhnte Svenja genauso lecker wie Sissy. Auch sie kam dreimal innerhalb von 10 Minuten. Glücklich zogen mich die beiden zu sich in die Arme und es war romantisches Sandwich-Kuscheln angesagt.

„Das war doch viel schöner als das reine Abgewichse nachts und beim Frühstück", suchte ich nach Anerkennung für das Spektakel, das wir erlebt hatten. „Ja" und „Ja" bekam ich einsichtig zu hören. Nach 1 Stunde, die wir da lagen und uns Wärme und Nähe schenkten, war es Svenja, die etwas wollte:

„Kannst Du mich nochmal so geil lecken wie vorhin?", fragte sie mich mit großen Augen. „Ja, mich auch!", jubelte Sissy mit. „Nur, wenn ich Euch ficken darf", schoss es männlich aus mir heraus. „Ok", nickte Sissy und holte unterm Sofa eine Packung Gummis hervor. Schnell war meine Wurst eine Wurst und bereit zum Torfstechen. Ich überlegte kurz: Ich soll ficken und lecken gleichzeitig. Wie geht das am besten?

Ganz klar: Ich werde geritten und lecke die andere, die über meinem Gesicht hockt. Svenja war die erste, die geleckt werden wollte, also nahm sie mir die Luft, während die Sissy Cowgirl spielte und meinen Penis langsam und sehr eng ritt.

Ihre Muschi war so klein wie eng. Ich musste mir große Mühe geben, nicht schon jetzt zu kommen. Svenjas Pforte des Himmels befand sich in meinem Gesicht und ich drückte meine Zunge genau an ihren erotischen Punkt, dann bearbeitete ich ihn mit meiner Zungenspitze bis zum Orgasmus.

Gerne hätte ich weitergemacht, aber ich merkte, mein Orgasmus war nicht weit entfernt. Soll auch Svenja reiten dürfen. Frauentausch. Sissys Pussy nahm nun auf mir Platz, sie war saftig vom Ficken und ich genoss es, ihre dunkelroten Schamlippen zu erkunden, dann ihre kleine Klitoris, die schnell zu einer übergroßen Klitoris wurde. Währenddessen ritt mich Svenja. Ihre Röhre war weiter als die von Sissy, gut, so konnte ich noch ein wenig durchhalten. Svenja konnte gut reiten, rauf und runter sauste sie, immer schneller, bis ich ejakulierte.

Just in diesem Moment schüttelte sich auch Sissy über mir und schrie ihr Glück ins Land. „Und, zufrieden?", fragte ich beide mit meinem besten Womanizer-Grinsen trotz zerschundenem Gesicht. „Fantastisch, Du bist der beste Lecker, den ich je hatte", küsste mich Sissy auf den Mund. „Du bist auch der beste Lecker, den ich je hatte", küsste mich Svenja ebenso glücklich auf den Mund. Leider musste ich noch einiges erledigen und los.

Um 21:15 Uhr war ich wieder bei S&S, die sich supersexy für mich gemacht hatten. Halbnackt und geschminkt erwarteten sie mich und schmissen sich sofort an mich. Diesmal landeten wir in Sissys Bett. Ich denke, das war geplant, weil Sissy gegenüber einen Wandschrank mit Spiegelwand hatte.

So konnte ich mir selbst dabei zusehen, wie mich diese beiden Luder von oben bis unten küssten und von mir nacheinander Doggy Style gevögelt werden wollten.

Während ich Sissy von hinten nahm, beschäftigte sich Svenja mit sich selbst und hatte Parkinson'sche Finger. Wechsel. Während ich Svenja von hinten nahm, knutsche mich Sissy mit tiefer Zunge. Ich wollte nicht so unfair sein und in einer kommen, doch Sissy meinte „Ist schon ok, danach kommst Du dann in mir", und so ließ ich meinen Trieben freien Lauf und kam in Svenjas Pussy.

Während der Erholungsphase knutschten wir. Ich Svenja. Ich Sissy. Svenja Sissy. Sissy Svenja. Ich Svenja und Sissy. Ich Sissy und Svenja. Svenja Sissy und mich. Sissy Svenja und mich.

So verdammt intensiv und detailverliebt hatte ich lange nicht mehr geknutscht. Es war genial. Es erinnerte mich an meine ersten sexuellen Erfahrungen und meine ersten Mädels in der Pubertät, wo erstmal außer Knutschen nichts lief. Da wurde nur geknutscht! Als mein Penis wieder vollsteif war, erfüllte ich der Sissy ihren Wunsch und fickte sie á la Hund, bis ich in ihrer pulsierenden, kleinen Möse heftig kam. Svenja hing von hinten an mir dran und küsste meinen Hals mit Mund und Zunge. So eine Dreierkonstellation hatte ich bisher noch nie erlebt. Aber muss sagen: Absolut lohnenswert und schön so etwas!

Später leckte ich beide noch zu ihren Höhepunkten und bekam vor dem Schlafen einen Double Blowjob geschenkt. Ich kam nach 15 Minuten, als mich Sissy in den Mund von Svenja masturbierte. Der Sex mit Sissy und Svenja ging noch paar Tage, bis Andreas Rückkehr anstand. Ich überlegte, wie ich ihnen das Ende dieser Affäre beibringen sollte. Verlieren wollte ich beide nicht, aber vorerst beenden musste ich es schon.

Von Andrea erzählen wollte ich nicht, also griff ich zu einer Notlüge. Bei unserem letzten Sex-Date stimmte ich einen nachdenklichen Ton an: „Mädels, ich muss Euch etwas sagen. Die Abende und Nächte mit Euch waren wunderschön. Der Sex und alles mit Euch war spitzenmäßig. Danke dafür. Aber ich habe gestern im Job ein neues Projekt angenommen, das wichtig ist. Da hängen Millionen dran und die Zukunft der Firma.

Ich muss mit klarem Verstand dieses Projekt angehen, dafür sorgen, dass alles klappt. Und Ihr beide verdreht mir dermaßen den Kopf, dass ich bald den Verstand verliere. Daher muss ich eine Pause einlegen. Ich muss mich voll und ganz auf die Arbeit konzentrieren und sexuell kürzer treten.

Aber sobald ich das Ding erfolgreich abgeschlossen habe, komm ich super gerne wieder auf Euch zurück. Ich brauche Abstand und Konzentration, der Sex mit Euch ist genial, aber ich würde dann tagsüber nur noch an Euch und den Sex mit Euch denken, dass ich im Job versagen würde. Ich hoffe, Ihr versteht das."

Die beiden nahmen es nicht so tragisch zum Glück, waren aber trotzdem traurig und baten darum, dass ich mich unbedingt melden solle, wenn mein Kopf wieder frei wäre. Das versprach ich ihnen auch, leckte und fickte sie ein letztes Mal und verabschiedete mich vorerst von ihnen zurück nach Hause, wo ich alles für Andreas Rückkehr vorbereitete.

Barbara, das Model

Es war ein klassischer One Night Stand, wie er im Buche steht. Gesehen, geflirtet, gefickt, gegangen. Im Arabella Hotel München fand ein TV-Kongress statt. Ich war geladen und freute mich, einige alte Kollegen und Freunde wiederzutreffen.

Otto, ein 45-jähriger Fernsehmacher und Förderer meiner Person, stellte mir seine 18-jährige, bildhübsche persönliche Assistentin Barbara vor. Barbara war 1,80 m groß und arbeitete im Zweitjob als Model, sie war sogar aktuell „BILD Girl" und die süßeste Versuchung, seit es Schokolade gibt. Sie gefiel mir ungemein.

In der Pause näherte ich mich ihr. Barbara schien Gefallen an mir zu haben und schenkte mir mehr als nur ein Lächeln. Sie hatte eine Wahnsinnsfigur, lange, blonde Haare und geile, junge Titten unter der Bluse. Die Veranstaltung ging weiter, ich setzte mich neben sie und sorgte dafür, dass sich unsere Oberschenkel vorsichtig und unauffällig berührten. Sie zog nicht weg, sondern grinste und suchte noch engeren Beinkontakt. Da saßen wir und hatten den weiteren Ablauf schon geklärt.

Als die Veranstaltung um 18 Uhr zu Ende war und alle 1 Stunde Zeit zum Frischmachen hatten, bevor das Abendessen auf dem Plan stand, ging ich ran: „Sag mal, hast Du hier ein eigenes Zimmer?" „Ja, Du nicht?" „Nein", antwortete ich, „ich bin nur heute auf dem Kongress, außerdem wohne ich in der Gegend." „Aha", säuselte sie, „ja, dann müssen wir wohl zu mir, nicht wahr?" „Ja, wenn Du dasselbe möchtest wie ich." Sie wollte.

Diskret verschwanden wir im Fahrstuhl und landeten in Zimmer 369. Wir vergeudeten keine Zeit und küssten uns wild und geil. Als ich sie entkleidete, stockte mir der Atem: Barbara hatte eine der perfektesten Figuren, die Gott je gebastelt hat. Ihr Körper war jung und knackig, ihre Pussy mit die schönste, die ich jemals lecken durfte. Doch der Reihe nach. Zuerst küsste ich ihre festen Titten. Sie lag auf dem Bett und genoss. Weiter wanderte mein Mund gen Süden, ihr Bauch war trainiert, ihre Muschi frisch geputzt. Ich rubbelte ihre Clit und leckte ihre Vagina.

Aber auch ich wollte verwöhnt werden und spürte ihre Hände an meiner Hose, dann in meiner Hose. Während sie meinen Dong knetete, saugte ich so intensiv an ihrer langen, harten Klitoris herum, dass sie es nicht mehr aushielt und bebend zu ihrem Höhepunkt kam. Ihre Muschi füllte sich mit Saft, den ich gierig wegschlürfte. Lecker! Nun wurde sie aktiv. Lasziv schüttelte sie ihr langes Haar durch die Luft und holte ein Gummi hervor … für die Haare. Mit Rossschwanz lässt es sich nämlich besser blasen.

Ihr Anblick glich der einer Göttin. Sie kniete vor mir und blies meinen Zauberstab hart. Dann legte sie sich seitlich über meinen Oberkörper und machte weiter. Ich konnte nicht sehen, was sie machte, aber ich spürte es, und es war verdammt gut!

Ich ließ meinen Saft brodeln und spritzte ohne Vorwarnung ab. Der erste Take ging ihr in den Mund, die nächsten Spritzer sausten in hohem Bogen über sie hinweg und landeten auf meinem Oberkörper. Sie masturbierte kräftig weiter, bis die letzten Samentropfen aus mir heraus waren und ich erschöpft tief ein- und ausatmete.

Während der gemeinsamen Dusche ging es weiter. Als sie mir den Schwanz einseifte, wurde er wieder steif und Barbara geil. Sie begann daran zu spielen und blies mich unter strömendem Wasser. Ich fickte sie im Stehen von hinten, bis es soweit war: Ich zog ihn schnell raus und wichste ihren Arsch voll.

„Das war geil!", stöhnte sie und küsste mich wild. Wir zogen uns an und gesellten uns ans Buffet. Das Essen schmeckte gut. Barbara trug ein scharfes, rotes Kleid und war der absolute Blickfang des Abends. Nach der Mahlzeit verabschiedete ich mich von ihr und fuhr nach Hause.

Luisa, die Massage-Fee

Luisa wurde zu einer wöchentlichen Affäre. 18 Jahre jung. Ich lernte sie in einem Etablissement für Erotik-Massagen am Münchener Hauptbahnhof kennen. Dort gehe ich alle paar Wochen hin, schon seit vielen Jahren. Die Mädels dort bleiben, außer der Chefin, nicht sonderlich lange, so ist immer ein flüssiger Wechsel an Masseusen gewährleistet, was es für mich sehr spannend macht.

Immer neue Hände, die meinen Penis verwöhnen und zum Orgasmus bringen. Immer neue nackte Körper, die es zu bestaunen gibt. Ich klingelte mal wieder, und vor mir stand die Luisa. Eine bildhübsche Schönheit. Blond, 1,65 m groß, schlank und sexy. Sie konnte ein bisschen Deutsch, Englisch war ihr lieber.

Mit einem breiten Lächeln begrüßte sie mich und führte mich in „ihr" Zimmer. Ich gab mich unter meinem Pseudonym „Peter" aus und entschied mich, 15 Minuten zu bleiben, für einen Fuffi. Nie blieb ich länger, mir ging es hier immer nur darum, einen schnellen Wichs zu bekommen. Danke und Tschüss.

Nachdem die Formalitäten geklärt waren und ich aus der Dusche kam, legte ich mich wie immer auf den Bauch und betrachtete Luisa, wie sie sich auszog. Zum Vorschein kam ein absoluter Teenie-Hammerkörper. Kleine, formschöne Brüste lächelten mich an. Keine Schamhaare, keine Beinhaare, hier war alles glatt, fest und in Form.

Während wir uns unterhielten und ihr erfuhr, dass sie aus Polen stammt, massierte sie meinen Rücken. Fühlte sich gut an. Dann glitt sie zwischen meine Beine und kraulte meine Hoden. Wunderschön. „Turn around", stöhnte sie mir ins Ohr, was ich auch bereitwillig tat.

Ihre kleinen Hände umfassten ihn wie eine Eins und brachten mich in Stimmung. Luisa machte das Ganze sehr sinnlich, sie suchte den Körperkontakt und ließ es zu, dass ich ihren Po berührte. Sie kam mir mit ihrem Gesicht sehr nah und küsste mich hinter den Ohren und am Hals. Macht nicht jede. Kurz darauf musste ich kommen.

Mein Sperma schoss heraus und ich erlebte einen Hammerorgasmus. Luisa genoss es und wichste schön zu Ende, ehe sie mich reinigte und sich mit einem Kuss auf die Wange, aber sehr nahe am Mund, bei mir bedankte. Ich duschte, zog mich an, verabschiedete mich von ihr und ging.

Diese Luisa musste ich wiedersehen, und zwar schon sehr bald. Am Abend ließ ich die erotische Massage noch mal Revue passieren. Mir wurde schnell klar, dass Luisa etwas Besonderes für mich ist. Hatte ich mich in sie verliebt? Hm. Nein, aber ich könnte, wenn ich wollte. Eine Woche später suchte ich sie erneut auf, und zum Glück war sie da. Wieder 15 Minuten.

Wir unterhielten uns, während sie meine Backside verwöhnte, und ich erfuhr, dass sie in Polen studiert und alle paar Wochen für Prüfungen hin muss. Solche Geschichten kenne ich zur Genüge von diesen Mädels, aber ich glaubte der Luisa und quetschte aus ihr heraus, dass sie keinen Freund hat. Interessant! Interessant wurde es nun auch, als ich mich umdrehte.

Schnell war mein Prügel steif und wartete darauf, von Luisa erlöst zu werden. Mit ihrer süßen Hand umfasste sie ihn gut und begann zu wichsen. Sehr zärtlich kniete sie vor mir und suchte Augenkontakt mit mir. Den gab ich ihr. „Now!", stöhnte ich laut auf und kam. Luisa strahlte und hatte mir wieder ein ganz besonderes Highlight geschenkt.

In den Folgetagen musste ich immer wieder an sie denken. Wie wäre es, mit diesem 18-jährigen Mädel zusammen zu sein? Sie zu küssen? Sie zu lieben? Täglich mit ihr Sex zu haben? Alles mit ihr zu erleben? Wunderschön wäre das! Wenn da nur nicht Andrea und die Kids wären … Bitte nicht falsch verstehen. Ihr wisst, ich liebe meine Frau über alles, meine Kids sowieso, aber Luisa gab mir etwas, das ich suchte, und das mich an meine Jugendliebe Julia erinnerte. Mehr über Julia im Folgekapitel.

1 Woche später war es wieder soweit, doch leider hatte ich diesmal Pech. Eine Dunkle ohne Name öffnete mir die Tür: „Die Luisa ist gerade beschäftigt." Mist. Aber ich hatte Lust auf Frauen. Also durfte die Dunkle ran. Groß war sie und hatte einen mächtigen Wuschelkopf. Auch sie konnte massieren. Anders als Luisa, aber auch ganz vernünftig.

Folgewoche. Luisa. Ja, diesmal war sie wieder da und auch frei für mich. Ich wollte mehr von dieser fantastischen Schönheit und entschied mich für 45 Minuten für satte 100 Euro. Leider ging es diesmal nicht auf die Bodenmatratze, sondern auf eine Massageliege. Luisa nahm sich natürlich viel mehr Zeit für alles, denn die hatten wir ja auch.

Luisa streichelte und massierte zuerst meinen Rücken, dann meine Beine, dann meinen Po mit allem, was darunter lag. Zwischendurch krabbelte sie geschickt auf die Massageliege zu mir hoch, um mir Body-to-Body zu schenken. Ihr Körper fühlte sich so ungemein frisch an. Nun hatte ich auch Mut, sie mehr zu berühren. Ich streichelte ihre Beine entlang, und sie ließ es zu. Ein gewisses Vertrauen hatte sich aufgebaut. Yeah!

„Turn around, please." Ich lag nun auf meinem Rücken und freute mich auf das, was folgte: Eine wunderschöne Erotik-Massage für meinen Penis. Mit Lingam verwöhnte sie mich nach allen Regeln der Kunst. Heftig zuckend kam ich schließlich zu meinem Höhepunkt. Mir war klar: Unter 45 Minuten buche ich bei der nichts mehr. Dieses Highlight gönne ich mir einfach. Und zwar wöchentlich. Sind zwar 400 Euro im Monat, aber wofür lebt man und schuftet so viel?

Andrea erzählte ich etwas von „verordneter Physio" bei einem Spezialisten in München, sie nickte und drückte mich. „Gut, Schatz." Die Massagen mit Luisa wurden intimer. Sie erzählte mir immer mehr aus ihrem Privatleben, auch über ihr Sexleben plauderte sie einiges aus. Sie könne multiple Orgasmen haben und komme dann immer in einen Rausch hinein, wenn sie masturbiere, könne gar nicht mehr aufhören. Geil! Ich empfahl ihr den Womanizer, den sie noch nicht kannte. Sie war sehr aufgeschlossen.

Luisa küsste mich nun jedes Mal, zwar nicht auf den Mund, aber sonst überall. Naja, und den Penis küsste sie natürlich nicht, dafür aber mein Gesicht, meinen Nacken, die Brust und sogar meine Oberschenkel. Das ist schon etwas Besonderes bei so einem Verhältnis. Das Tolle an Luisa war: Alle ihre Handgriffe und Berührungen passten zu 200 Prozent! Sie war rein körperlich und sexuell die perfekte Frau für mich. Auch die Unterhaltungen mit ihr machten mir Spaß.

Wir verstanden uns gut. Wenn sie das alles nur spielt, dann ist sie eine verdammt gute Schauspielerin, dachte ich immer wieder. Normalerweise mag ich Body-to-Body in solchen Massage-Salons nicht so gerne, eigentlich komisch, denn alle Männer mögen es, aber bei Luisa gefiel es mir.

Sie durfte mir ihrem schönen Körper gerne auf mir hin und her rutschen. Wenn ich auf dem Rücken lag, setzte sie sich gerne über meinen Oberkörper, so, als wenn sie rücklings auf mir reiten würde, und stimulierte meinen Dong von oben. Ich kraulte ihr dabei den Rücken, was sie genoss, und umfasste von hinten ihre Brüste, hielt ihren Bauch und durfte sogar tiefer mit ihrer Klitoris ein wenig spielen.

Wenn ich kam, wollte ich aber immer ihr Gesicht sehen, also finishte sie mich meistens von vorne oder von der Seite. Einmal legte sie sich ganz eng zu mir in den Arm, als wäre sie meine Freundin, und wichste mich so zu Ende. Wunderschön intensiv war das! Ach, Luisa. Wie gerne würde ich mit dir zusammen sein!

Zum Glück veränderte sich durch meine extreme Zuneigung zu Luisa meine Beziehung und Sexualität mit meiner Andrea nicht. Wir hatten immer noch guten, intensiven Sex, etwa zweimal die Woche. Schwer mit Kindern und dem Stress, aber zweimal muss einfach sein.

Mittlerweile rief ich Luisa jedes Mal an, um mir einen Termin mit ihr zu sichern. Die Termine waren immer wunderschön und ich ging als glücklicher Mann nach Hause. Eines Tages erlebte ich eine nette Überraschung. Die Chefin der Sache sprach mich vor der Session an, ob ich Lust auf eine Duo-Massage hätte. Eine Neue sei da und die soll eingelernt werden. Sie würde mitmachen, selbstverständlich ohne Aufpreis.

Ich hatte mich zwar schon mega auf Luisa gefreut, nur Luisa, aber Chefin und ich kannten uns seit langer Zeit und ich wollte ihr den Gefallen tun. „Darf ich die Neue mal sehen?", fragte ich vorsichtig. „Klar", nickte sie und präsentierte mir die schüchterne Alexandra. Die war auch hübsch, also willigte ich der Duo-Massage ein. Wir starteten wie immer Rücken. Während Luisa diesen massierte, massierte Alexandra meine Beine. 4 Hände können besser massieren als 2.

Sehr zärtlich, sehr erotisch war das Ganze. Die beiden tauschten immer wieder Plätze und Luisa flüsterte ihrer Kollegin Anweisungen zu, die diese dann brav umsetzte. Body-to-Body bekam ich aber nur von Luisa. Alexandra hatte große Titten, war sonst aber schlank und schön.

Nach der Hälfte der Zeit durfte ich mich endlich umdrehen. Nun ging es langsam in Richtung Dong. Luisa war die Dominantere von beiden, sie berührte und streichelte ihn zuerst. Dann durfte auch Alexandra ran. Sehr langsam und vorsichtig streichelte sie ihn. Ihre Hände und Finger waren größer und länger als die von Luisa, aber auch sehr angenehm. Luisa gab weiter die Kommandos.

Sie küsste zärtlich meinen Körper, während Alexandra meinen Penis streichelte, dann übernahm Luisa meinen Zauberstab, während Alexandra meine Füße massierte. Luisa zeigte der Neuen, wie man einen Mann zum Orgasmus bringt. Ziemlich hoch spritzte ich diesmal, und Luisa juchzte.

Was soll ich sagen: So eine Duo-Massage sollte jeder Mann sich einmal gönnen. 2 Mädels oder sogar mehr hatte ich schon öfter im Bett, und es war immer geil. Und nie musste ich dafür bezahlen. Aber so eine Erotik-Massage mit 4 Händen als Kunde zu genießen, ist auch nicht verkehrt. Die Folgetermine buchte ich Luisa wieder exklusiv. Ihre magischen Hände und ihre mädchenhafte Art schenkten mir immer die schönsten Momente des Tages …

… bis zu dem Tag, als ich wieder mal anrief, um mir Luisa zu sichern, und Chefin meinte: „Du, die Luisa ist nicht mehr da, die ist vor 2 Tagen gegangen, zurück nach Polen." Ich war traurig, fast schon am Boden zerstört. Etwa 4 Monate hatte ich meine Stell-dich-eins mit Luisa genossen, hatte immer im Kopf mit den Gedanken gespielt, sie mal zu fragen, ob ich sie dabei fotografieren oder gar das Finish filmen dürfte, aber mich nie getraut.

Auch nach einem privaten Date wollte ich sie mal fragen oder nach ihrer Handynummer für private Sex-Treffs gegen Bezahlung, aber nun war sie weg. Verschwunden aus meinem Leben. Vielleicht war es ja besser so, nicht, dass sie dann noch meine Ehe gefährden würde. Wer weiß …

Welcome back, Luisa! Die superhübsche Erotik-Masseuse war nach nur 2 Monaten doch wieder da. Aus Langeweile surfte ich im Office im Net und schaute, was der Erotik-Massagesalon am Münchener Hauptbahnhof Neues zu bieten hatte. Da entdeckte ich doch glatt das Foto meiner Luisa wieder, der hübschen 18-jährigen Blondine, die mich mit ihren genialen Handjobs immer an den Rand des Wahnsinns gebracht hatte.

Ich musste sie wiedersehen! Ich rief an und ließ mir einen 45-minütigen Termin mit ihr geben. Wie ein aufgeregtes Kleinkind freute ich mich ganze 2 Tage lang auf die Massage. Luisa erkannte mich sofort wieder und küsste mich fast auf den Mund.

Mit unfassbarer Sinnlichkeit startete sie ihre B2B-Massage auf meinem Rücken und knabberte an meinen Ohrläppchen. Gleichzeitig glitten ihre Hände unter mein Becken und streichelten meine Eier. Als ich mich umdrehte, erstach ich sie fast. Mein Dong war härter wie Eisen. Luisas Hände passten perfekt um meinen Speer und schleuderten ihn auf Weltrekord. Ich war so glücklich, meinen blonden Massageengel wieder zu haben und verabredete mich direkt für nächste Woche wieder mit ihr. Hier der Hunderter. Danke. Ciao. Bussi.

Für meine zweite Massage ließ ich mir etwas Besonderes einfallen. Ich wollte unbedingt 2 Orgasmen von ihr gemacht bekommen. „Luisa, könntest Du direkt loslegen und es mir besorgen, dann mich zärtlich massieren, und zum Abschluss mir ein zweites Happy End schenken?", bettelte ich sie lieb an. „Na klar", grinste sie und freute sich, mich damit noch glücklicher zu machen.

Ich legte mich nach der Dusche auf den Rücken und bekam einen geilen Handjob mit schnellem Cumshot. Geschafft! Dann der gemütliche Teil. Sinnlich massierte sie mich mit Händen, Brüsten und ihrem sonstigen Körper in ein Gefühl des rosaroten Himmels hinein.

Von unten und hinten griff sie mir an meine Säcke, was sofortige Wirkung zeigte. Ich spürte den Dong unter meinem Bauch härter werden. Dann durfte ich mich drehen und Luisa schenkte mir meine zweite Entsamung. Diesmal mit der anderen Hand. Beide Hände fühlten sich so verdammt gut an.

In meiner ewigen Handjob-Bestenliste gehört Luisa definitiv zu den Top 3. So ging es weiter, Woche für Woche. Ich wurde wieder abhängig vom Supergirl und ließ jede Woche einen Hunni springen. Kein Problem für mich, das Geld habe ich ja, und Andrea bekam von meinen Mittagspausentrips nichts mit. Oh, what a life!

Luisa besorgte mir pro Session 2 Handjobs, manchmal klappte auch nur einer, ich bin ja keine Maschine und werde älter, aber trotzdem war es immer geil. 3 Monate lief das so, bis mir Luisa eines Tages sagte: „Du, ich höre demnächst auf. Mein Freund hat mir einen Antrag gemacht und ich habe angenommen. Ich werde ihn heiraten. In 3 Wochen ist hier Schluss für mich, ein neues Leben beginnt."

Ich freute mich für sie, war aber auch sehr traurig, da mir die Dates mit ihr viel bedeuteten. Sie war zu einer guten Gesprächspartnerin geworden, ein gewisses Vertrauensverhältnis hatte sich zwischen uns aufgebaut und ich liebte ihre Massagen Plus. Sie erzählte mir, dass ihr Zukünftiger ein ehemaliger Klient sei, ein attraktiver Geschäftsmann Anfang 40, mit viel Kohle und einer geilen Villa am Münchener Stadtrand. Glückliches Schwein.

Die 3 letzten Wochen Luisa konsumierte ich wie Hasch. Jeden zweiten Tag besuchte ich sie und ließ mir zweimal die Palme wedeln, zwischendurch meinen Körper streicheln und massieren. Zum finalen Abschied gab Luisa ihrem treuesten Stammkunden einen Kuss auf den Mund. „Danke für die schöne Zeit mit Dir", lächelte ich sie dankbar an und verabschiedete mich.

Julia, die Schüchterne

Wie bereits erwähnt, erinnerte mit Luisa stark an die Julia, das Mädchen, das mir, bevor ich meine Ehefrau Andrea kennenlernte, meine Träume erfüllte. Julia war eine schüchterne 18-Jährige, als ich sie traf. Wir kamen auf einem Dorffest ins Gespräch, sie war erst mal nicht an mir interessiert, sondern sehr zurückhaltend.

Ich spendierte ihr einen Drink, sie rauchte zwischendurch. Sie war Schülerin einer Gymnasial-Oberstufe in Regensburg, ihre Eltern lebten bei München, diese besuchte sie häufig. Am nächsten Abend trafen wir uns wieder. Ich ging aufs Ganze und schaffte es, sie zum Knutschen zu bringen. Dieses Knutschen war der Hammer! Besser als alle anderen Mädels zuvor. Julia war 1,70 m groß und schlank. Hatte lange, dunkelblonde Haare, etwas Gesichtsakne oder -neurodermitis, aber nicht ausgeprägt und überhaupt nicht schlimm. Sehr sexy Körperform. Ihr Lächeln war bezaubernd.

An den nächsten Abenden kamen wir uns immer näher. Sie begann sich mir zu öffnen, langsam und vorsichtig. Als sie zum ersten Mal bei mir übernachtete, kam es zum Petting. Während des Knutschens streichelte ich unter ihr Shirt, was sie zuließ. Ihre Brüste waren jung und zart, ihr Körper fühlte sich himmlisch an. Als ich sie nackt sah, jubilierte ich. Ein schöner dunkelblonder Büschel verzierte ihre Pussy und endete pünktlich knapp vor der Klitoris.

Während ich sie küsste, rubbelte ich ihr Pussy so lange, bis sie kam. Sie hatte große Schamlippen und eine Klitoris, die bei Erregung mächtig anschwoll. Sie kam laut und heftig, hatte aber noch nicht genug, also ein zweites Mal. Und ein drittes Mal. Nach einer halben Stunde Pussy-Stimulation war sie erlöst und widmete sich nun mir.

Als sie meinen Dong herausholte, hörte ich die Englein singen, so geil umfasste und blies sie ihn. Es war perfekt. Ihre langen Haare hatte sie zusammengebunden, sie kniete zwischen mir und erledigte ihren Job sensationell. Als ich kam, wichste sie mich über die Kante, was einen hohen Cum verursachte.

„Huch", grinste sie und blickte mir dabei tief in die Augen. Danach kuschelte sie sich in meine Brust und ich fühlte mich eins mit ihr. Julia und ich trafen uns fortan jedes Wochenende, immer, wenn sie im Raum München war. Vor und nach jedem Sex wollte sie eine rauchen, was mich nicht weiter störte, da sie danach immer ein Kaugummi nahm, sodass ich sie frisch küssen konnte.

Sex mit Juli war phänomenal. Zuerst verwöhnte ich sie, dann sie mich. Dann machte ich uns was zum Abendessen, wir kuschelten, schauten Filme, hatten wieder Sex und schliefen dann glücklich ein. Ihre Hand- und Blowjobs waren unglaublich gut, perfekt für meinen Penis und für mich. Beim sechsten Mal Sex wollte ich gerne ihre saftige Pussy lecken und tat dies dann beim siebten Mal, nachdem sie mir ein Gesundheitszeugnis vorlegte und ich wusste, dass sie gesund war.

Das war mir damals sehr wichtig. Das habe ich früher von allen Frauen angefordert, wenn ich ungeschützten Sex mit ihnen wollte. Im Laufe der Jahre ist es mir egaler geworden. Julias Pussysaft schmeckte Weltklasse. Ich genoss es, ihre langen Schamlippen geil zu lutschen und an ihrer Klit zu züngeln, bis sie heftig kam und mir ihr niedliches Becken ins Gesicht drückte. Und dann mein Gesicht in ihr Becken, weil sie mehr wollte und nicht genug kriegen konnte. I loved it!

Auch die 69er-Position war einfach genial, sie auf mir. Am meisten liebte ich aber den Abschnitt, als sie mich verwöhnte, in sämtlichen Stellungen. Kniend während ich stand, kniend während ich lag, seitlich über mir, hockend auf mir – sie wusste genau, wie sie es einem Dong perfekt besorgen konnte, das Luder. So scheinheilig brav wie sie wirkte war sie nicht.

Leider durfte ich nie Fotos von ihr machen, ganz normale zur Erinnerung wollte sie nicht. An einem Tag allerdings gab sie mal nach, diese Fotos sind mir bis heute heilig, die bildhübsche 18-jährige Julia bei mir auf dem Sofa! Leider zog es Julia in den Sommerferien 6 Wochen ins Ausland, nach Frankreich, sodass unsere Affäre unterbrochen wurde. Bis dahin hatten wir supertollen Sex, allerdings nicht einmal miteinander geschlafen. Das wollte sie leider nie. Gründe nannte sie mir keine, aber da das Petting mit ihr so fantastisch war, reichte es mir aus.

Während sie in Frankreich war, schrieben wir uns täglich süße Botschaften. Als Julia endlich zurückkam, gab es im Bett weiterhin Heavy Petting, nicht mehr. Sie blies und masturbierte wie eine Prinzessin. Aber sie schluckte mein Sperma nicht mehr so oft wie gewohnt. Ich merkte, dass es nicht mehr so war wie zuvor. Sie ging nun früher und kam auch nicht mehr jedes Wochenende. Ich versuchte, sie wieder für mich zu gewinnen, indem ich ihr gestand, dass ich mich in sie verliebt habe. Das war der Anfang vom Ende.

„Ich dachte, zwischen uns sei alles klar", sagte sie bestimmt, „Sex ja, aber keine Liebe". Das war ein Schlag für mich, war ich doch dabei, fantastischen Sex und ein Mädel, das ich echt mochte, zu verlieren. Doch Julia kannte kein Erbarmen: Per Mail beendete sie unsere Affäre und widmete sich anderem und anderen. Nicht ein einziges Mal hatten wir miteinander geschlafen, und trotzdem war ich super glücklich mit ihr gewesen.

Monate später gestand sie mir per Mail, dass sie mich vermisse und nur aus Angst, etwas falsch zu machen, nie mit mir, dem sexuell deutlich erfahrenerem, schlafen wollte. Sie wünsche sich sehr, mich wieder zu sehen. Doch ich war bereits in einer Beziehung und empfand es als klüger, sie lieber nicht mehr zu sehen. Es hätte mir nur wehgetan.

Ursi & Nina, die Porno-Schwestern

Ursula und Nina lernte ich in Wien kennen. Ich war für 3 Tage in Österreich für eine Produktion. Ich aß zu Abend und sah 2 hübsche junge Frauen am Nebentisch sitzen. Die eine blond, die andere auch. Ich liebe blond! Beide 18, wie ich später erfuhr. So sahen sie auch aus. Die eine im Rock, die andere Jeans. Beide schlank und zierlich. Ich nahm Blickkontakt auf, der schnell erwidert wurde.

Die eine Blonde schaute mich tief an, nuschelte mit der anderen, die sich umdrehte und mich auch anlächelte. Mir wurde warm. Während wir dinierten, intensivierte sich der Flirt. Ich wusste, da ist was möglich. Als ich fertig war, marschierte ich zu den Mädels rüber und fragte frech, ob ich mich zu ihnen setzen darf. „Wir wollten gerade etwas trinken gehen, Du kannst gerne mitkommen", antwortete die eine.

Gesagt, getan. Zu dritt verließen wir das Restaurant und checkten in die nächste Bar ein. „Also, ich bin Ursi, und das ist Nina, meine Schwester." „Sehr entzückend", lächelte ich und schüttelte beiden die Hand. Beide waren Singles, Azubis in was auch immer und locker drauf. Wir sprachen über Gott und die Welt, dann über Sex.

Ursi und Nina kannten keine Tabus und erzählten mir intime Details, sie hatten keine Geheimnisse voreinander und schon gemeinsame Sex-Erfahrungen gemacht. Ich gab mich so cool und spielte den Macho, der ich bin, protzte mit meinen Errungenschaften und weckte damit die Neugier der beiden.

Plötzlich fragte mich Ursi: „Könntest Du Dir vorstellen, mit uns beiden heute Abend Sex zu haben?" „Klar", schoss es aus mir heraus. „Nicht nur heute Abend." Nina flüsterte Ursi etwas ins Ohr. Die grinste. „Ok. Komm, lass uns gehen", sagte sie und bezahlte die Getränke.

Die Schwestern wohnten zusammen. Ohne viele Worte ging es zur Sache. Ursi und Nina zogen sich gegenseitig aus und präsentierten mir ihre zauberhaften Teenie-Körper. Mein Penis jubelte vor Freude, ich auch. Nun durfte er ans Freie. Zärtlich war Ursi die erste, die ihn berührte.

Nackt legte ich mich aufs Bett und genoss, was die beiden mit mir veranstalteten: streicheln, blasen, ficken. Ursi war die spürbar erfahrenere von beiden. Sie streichelte, blies und fickte besser als Nina. So kam ich auch in ihr, als sie auf mir ritt.

Doch dieser Sex war nicht der letzte an diesem Abend. Während wir relaxten, schaute ich mir die beiden Schwestern genauer an. Ursi hatte Stehbrüste und eine komplett rasierte Muschi, Ninas Titten waren größer und ihre Muschi teilrasiert. Beide wogen 50 kg bei einer Größe von 1,65 m.

Nun gingen wir in die Runde Nr. 2: Blowjob-Time. Vor dem großen Wandspiegel knieten sich die beiden Blondinen auf den Boden und begannen, meinen Dude steif zu saugen. Abwechselnd verrichteten sie gute Arbeit mit Hand und Mund. Ich kam mir vor wie King Elvis. Arme Andrea zu Hause, aber was sie nicht weiß, macht sie nicht heiß.

Mir wurde so heiß, dass ich fast überkochte. Ich spritzte ab – die Soße ging in Ninas Gesicht und dann in Ursis Mund, die mich bis auf den letzten Tropfen auslutschte. Ich war happy, verabredete mich für den nächsten Abend wieder mit den Girls und ging in mein Hotel.

Mit breitem Grinsen empfingen mich Ursi und Nina wieder. Sie hatten ein Bad zu dritt vorbereitet und eine Überraschung, die sie mir nicht verraten wollten. Das Bad war geil. Wir lagen zusammen, Arm in Arm in Arm, liebkosten uns sanft und massierten uns mit dem Schwamm. Dann hopsten wir ins Bett, wo mich die Überraschung erwartete: Ein Pornofilm. Ursi präsentierte mir stolz eine DVD. Titel: „Geile Schwestern in Action". Mit auf dem Cover: Ursi und Nina. Uff! Ich war geschockt und erregt zugleich.

Nina erzählte mir, dass sie es schon mit 16 mal ausprobieren wollten und deshalb frisch mit 18 in einem Porno mitspielten – for fun. Es sei eine interessante Erfahrung gewesen, und geil. „Hast Du Lust reinzuschauen?" „Gerne", stammelte ich und staunte, als ich sah, wie Ursi und Nina einen Mann nach dem anderen bedienten und Cumshots en masse produzierten. Ganz schön versaut, diese beiden. Mein Penis wurde aktiv, und schnell waren Ursis Hände da. Während ich auf den Bildschirm starrte, masturbierte sie meinen Schwanz hart und härter.

Dann nahm sie ihn in ihren warmen Mund. Ninas Zunge spielte Tremolo an meinen Brustwarzen, ihre Hände streichelten meinen Oberkörper.

Dann kam der Höhepunkt der Sex-DVD: 4 Männer mit Maske lagen am Boden, Ursi masturbierte 2, Nina masturbierte 2. Fast gleichzeitig spritzten alle 4 ab. Ursi und Nina schauten dabei so geil und sexy in die Kamera, dass ich mich nicht mehr beherrschen konnte und kam. Mein Cumshot war megaheftig. Glücklich schauten wir die DVD zu Ende, die noch andere Schwesternpaare präsentierte, doch Ursi und Nina waren das absolute Highlight des Streifens.

Ich revanchierte mich bei den beiden mit Lecken vom Allerfeinsten. Die Schwestern lagen nebeneinander, und immer, wenn ich eine leckte, rubbelte ich der anderen ihre Clit. Meine Leck-Spezialtechnik gefiel den beiden super, sie hechelten und stöhnten laut und unbeherrscht.

Nach 10 Minuten war es soweit: Beide kündigten fast gleichzeitig ihren Orgasmus an. Ich gab alles, leckte und streichelte wie wild beide zum Ziel. Ursi kam laut und ruckartig, Nina in einem Zug. Was für ein Anblick! 2 18-jährige Schwestern unter mir, glücklich, lächelnd und befriedigt.

Zum Abschluss fickten wir noch mal. Ich war der Aktive und nagelte zuerst Ursi in der Missionarsstellung, dann Nina als Löffelchen. Zum Abschied fragte ich die beiden Mädels, ob sie mir ihre DVD als Geschenk mitgäben. „Klaro", lächelte Ursi und drückte mir ein verpacktes Exemplar in die Hand.

„Alles Gute, es war echt schön mit Dir", sagte sie und drückte mir ein letztes Bussi auf den Mund. „Ich fand es auch toll", strahlte Nina und umarmte mich ganz fest. Ich ging.

Benita, die Krasse

Ich gönnte mir ein Relax-Wochenende in einem Sporthotel am Bodensee. Andrea war verhindert und konnte nicht mit. 4 Tage wollte ich mich erholen vom Stress der letzten Monate. Dort angekommen, sah ich auf den ersten Blick, dass es von hübschen Frauen nur wimmelte. Ich wusste, dass ich diese Gelegenheit nicht ungenutzt lassen konnte. Andrea war weit weg, ich hier.

Aber zuerst stand Entspannen auf dem Programm. Tag 1 verging sehr ruhig, aber dann der Abend: Ich ging an die Bar und bestellte mir Bier. Während ich nach einem Abenteuer suchte, kam dieses schon auf mich zu. Es war sehr schwarzhaarig, jung, hübsch und hieß Benita. „Hey, hast Du Feuer?", fragte sie mich mit großen Augen. „Will rauchen."

Ich hatte kein Feuer, schnappte mir aber geistesgegenwärtig eine Kerze von der Bar und entzündete damit ihre Zigarette. „Oh, danke", säuselte sie und setzte sich so neben mich. „Und, was machst Du hier?" „Ich erhole mich", antwortete ich und erzählte ihr ein wenig über meinen stressigen Job. „Ich bin hier mit 2 Freundinnen, die haben mich mitgeschleppt. Ich langweile mich aber, ist nicht mein Publikum." „Was für ein Publikum ist denn Deines?", wollte ich wissen.

„Jung, Party, Sex, Drugs, Rock´n´Roll – that´s my life", antwortete sie glücklich und nickte vor sich hin. „Davon kann ich Dir hier leider nichts bieten, außer Sex." Hammerspruch! Böse Anmache. Wie würde sie reagieren? Würde sie mich ohrfeigen, stehen lassen, darüber lachen oder darauf anspringen?

„Na, wenigstens einer hier, der auf meiner Wellenlänge liegt", lächelte sie und musterte mich. „Bist Du alleine hier?" „Jetzt nicht mehr", antwortete ich. „Du bist süß", grinste sie und stellte mir die Frage des Abends: „Hast Du Lust zu poppen?" „Warum nicht", antwortete ich. „Gerne." Benita rauchte zu Ende, nahm meine Hand und zog mich mit. Ab in mein Zimmer.

Als ich Benita nackt sah, zauderte ich. Benita war sehr schlank, möchte sagen, magersüchtig. Sie wog höchstens 45 kg, und das bei einer Größe von 1,70 m. Normalerweise stehe ich auf schlanke Frauen, aber Benita war definitiv zu schlank.

Doch ihr niedliches Lächeln machte alles wett. Gekonnt machte sie sich an meinem Penis zu schaffen und streichelte ihn hart. „Nimm mich von hinten", war ihr Wunsch. Noch nie lächelte mir ein so kleiner und knochiger Po entgegen. Ich war gespannt, wie sich ihre Fotze anfühlen würde. Hinein mit ihm.

Es war eng, sehr eng da drinnen. Behutsam fickte ich sie. Ich hatte Angst, ihr weh zu tun oder sie zu verletzen, sie war ja so gebrechlich. Wir wechselten in die Löffelchenstellung und final wollte sie in der Reiterstellung alles klar machen.

Die krasse 18-Jährige, die wie eine 16-Jährige aussah, wog nichts. Leicht wie eine Feder saß sie auf mir drauf und ritt mutig und beherzt meinen dicken Schwanz. Ihre enge Muschi leistete gute Arbeit und bescherte mir einen intensiven Orgasmus. Benita stöhnte fleißig mit und genoss es, mich kommen zu sehen.

„Leckst Du mich?", fragte sie mich, während sie von mir herabstieg. „Gerne", grinste ich und war gespannt, wie sie darauf reagieren würde. Zuerst verwöhnte ich sie normal, dann mit meiner Spezialtechnik. Benita drehte durch und hob fast ab. „Irrsinn, was machst Du da? Ah, Oh! Das ist hart. Fettgeil! Ja! Gleich komme ich, gleich kommt meine Soße!", stöhnte sie und verdrehte ihre Augen.

„Ah!", ruckte und zuckte sie und ballte ihre Hände zu Fäusten. Gleichzeitig spritzte etwas weibliche Ejakulation aus ihrer Scheide in mein Gesicht. Ich war überrascht und zog zurück, doch mehr kam nicht, also leckte ich weiter.

Benita war überglücklich und befreit, ihr Lächeln war breit und dankbar. Erlöst zog sie mich zu sich in den Arm, ich hatte Angst, sie zu erdrücken oder zu zerquetschen. „Das war geiler Sex, Alter!", tönte sie durch den Raum. „Jetzt muss ich eine qualmen." Mein Einwand „Hier ist Nichtraucher" war ihr egal. Schon war die Zigarette an, schon der erste Zug getan.

Als sie fertig war, meinte sie lässig: „Komm, lass uns fernsehen." Wir legten uns aufs Bett und schauten uns den Rest eines Spielfilms an, der aber so gut nicht war. „Und jetzt?", fragte ich. „Was machen wir jetzt?" „Auf was hast Du Lust?" „Wenn Du mir einen blasen würdest, wäre das toll", grinste ich und wartete auf ihr Ja.

„Nee, sorry, das mache ich nicht, das mag ich nicht, aber ich hol Dir einen runter, wenn Du willst." „Das ist auch gut", lenkte ich ein und begab mich in Position. In BH und Slip machte sie sich an die Arbeit. Ihre kleinen, zarten Hände passten perfekt um meinen Dong. Sie melkte ihn mit beiden Händen und mit genau dem richtigen Druck. Es war göttlich. Es war, als wenn mir eine 16-Jährige einen Handjob gäbe. Einfach geil! Es erinnerte mich an meine Jugendzeit und meine ersten sexuellen Erfahrungen mit Mädchen.

Benita wichste meinen Zauberstab mit einem unvorhersagbaren Tempo, immer wieder wechselte sie Speed und Griff. Als ich kam, stoppte sie abrupt und sah zu, wie der Samen aus meinem Penis herausgeschossen kam, dann erst wichste sie aus und weiter.

Dieses kleine Ding war der Hammer. Auch wenn sie mir keinen blasen wollte, ich fühlte mich wohl mit ihr. Sie war so süß, so unschuldig, so dünn. „Darf ich bei Dir bleiben?", fragte sie. „Ich find´s cool mit Dir." „Klar", antwortete ich und nahm sie in den Arm. So schliefen wir ein.

Der nächste Tag begann mit Sex. Mit einem komischen Gefühl wachte ich auf und traute meinen Augen nicht: Benita hatte meinen Schwanz im Mund und grinste. Schnell war ich wach und sah zu, wie sie gekonnt an ihm herumsaugte. Es fühlte sich himmlisch an.

„Ich dachte, Du wolltest das nicht tun", fragte ich sie neugierig. „Das dachte ich auch, aber ich habe meine Meinung geändert. Du bist echt süß, deshalb mache ich es." Mit ihrer rechten Hand liebkoste sie meine Hoden, ihre Linke umschloss meinen Schaft. Benita konnte gut blasen, ja, sehr gut. Sie war nackt und ich fixierte ihre blanke Pussy, die so mädchenhaft ausah.

Ihr Tempo wurde schneller, mein Orgasmus rückte näher. „Jetzt!", stöhnte ich und ejakulierte in ihren kleinen Mund. Es war zu viel. Obwohl sie fleißig schluckte, lief ihr ein Samenstrang aus dem Mund heraus und zog sich bis aufs Bett. „Du hast aber mega Sperma", staunte sie und wischte sich den Mund sauber. „Kannst Du mich jetzt lecken?" „Gerne", antwortete ich und begann ihre Mini-Pussy zu stimulieren.

Während ich sie leckte, streichelte ich ihre Titties und ihren Bauch. Ihr Körper war sehr knochig und hart. Nach 5 Minuten bebte sie und hatte einen spritzigen Orgasmus. Diesmal bekam ich mehr ab, doch schlimm war es ja nicht. Es roch neutral und ich beendete meinen Job professionell.

Benita hing den ganzen Tag wie eine Klette an mir. Es war fast schon zu viel, auch wenn ich es süß fand, dieses kleine Ding an meiner Seite zu haben. Benita himmelte mich an und meinte immer wieder: „Es ist so schön mit Dir. Ich will den Tag heute voll ausnutzen und genießen. Wer weiß, wann wir beide uns wiedersehen." Mir recht. Wir machten zusammen Sport, eine Wanderung und gingen in die Sauna. Dazwischen Sex. Purer Sex. Ficken. Diesmal traute ich mich härter und war erstaunt, wie genüsslich sie meine tiefen Stöße nahm. „Komm mir auf den Arsch", bettelte sie und sah zu, wie ich ihn herausnahm und zu Ende wichste.

Vor dem Abendessen trieben wir es erneut. Diesmal ritt sie auf mir und kam zu 2 Orgasmen, ehe ich meine Ladung ins Kondom spritzte. Gegen 23 Uhr, nachdem wir unseren letzten Drink an der Bar genommen hatten, hauchte sie mir ins Ohr: „Komm mit, Tiger, jetzt gibt´s Fesselspiele."

Ich war überrascht, was sie mit mir vorhatte. Zuerst verband sie mir die Augen, dann fesselte sie mich mit ein paar Kleidungsstücken ans Bett. Ich war aufgeregt. Eine geheimnisvolle Stille lag im Raum. Dann plötzlich ein Schmerz.

„Ah!", schrie ich und spürte etwas wahnsinnig Heißes auf meiner Brust. „Was machst Du da?!" Ich versuchte mich zu befreien, doch die Knoten waren einfach zu hart. Fuck. „Was ist das?!" „Kerzenwachs", flüsterte sie mir ins Ohr. „Keine Sorge, nichts Schlimmes." Ich atmete tief durch. Erneut ein paar Tropfen. „Aua! Hör auf damit! Das tut weh!", fauchte ich und wurde immer zorniger.

Ich spürte ihre Hand an meinem Schwanz. Na endlich, dachte ich, jetzt wird das verrückte Weib normal, länger hätte ich das mit dem glühend heißen Wachs nicht ausgehalten. Ich entspannte mich, doch plötzlich durchzuckte ein kalter Schmerz meinen Körper. „Ah! Was machst Du jetzt?!", tobte ich. „Eis", stöhnte sie und folterte mich weiter.

Es war wohl ein Eiswürfel aus der Minibar, den sie mir über den Bauch zog. Ich bekam Schüttelfrost, so kalt war das. Dann wieder Zärtlichkeit. Sie streichelte meinen Penis, bis er steif wurde.

Doch meine Entspannung war nur von kurzer Dauer. Ich spürte etwas an meinem Arsch, einen leichten Druck, ich war irritiert. Doch bevor ich etwas sagen konnte, geschah das Unfassbare: Benita steckte mir das Ding, dieses Irgendetwas, hinein! In meinen Anus. Ich schrie auf und musste mich erst einmal an dieses Gefühl gewöhnen. „Was ist das?!", hechelte ich. „Warum machst Du das?!"

„Easy, Junge", besänftigte sie mich. „Ist nur die Kerze. Mach Dir keine Sorgen. Entspanne und genieße." „Das kann ich aber nicht, wenn Du so weitermachst", fluchte ich. „Hey, warum machst Du den Scheiß? Kannst Du mir nicht einfach einen blasen?" „Lass mich machen", erklärte Benita, „ich weiß, was ich tue. Danach wirst Du mir dankbar sein."

Diese Kerze in meinem Arsch füllte mich aus, ich war rat- sowie hilflos. Ich wusste nicht, was ich tun soll. Benita widmete sich wieder meinem Penis und tat nun endlich das, was ich wollte. Mit ihren Händen und ihrem Mund verwöhnte sie ihn zärtlich und gleichzeitig dominant. Ich sah nichts, konnte mich nicht bewegen und hatte eine Kerze im Arsch. Toll!

Während Benita mir sauber einen blies, drehte sie die Kerze in meinem Po hin und her. Langsam gewöhnte ich mich daran. Ich muss zugeben, es fühlte sich schon irgendwie geil an mit dem Teil da drin. Noch nie hatte ich mich mit meinem Lustorgan Anus beschäftigt, aber ich verstand langsam, dass da etwas dran war. Ich war bereit zu kommen.

Benitas Lippen übten die entscheidenden Züge aus, die mich über den point bewegten. Noch nie empfand ich so viel Erleichterung bei einem Orgasmus wie bei diesem. Mein Körper war Dynamit, der explodierte. Ich dachte, ich würde die Kerze in meinem Arsch zerdrücken. Als Benita mich befreite, mir Fesseln und Verband abnahm, sah ich das Ergebnis dieses teuflischen Spiels: Ein samenüberflutetes Gesicht. Der Anblick entschädigte mich für die Schmerzen, die unliebsamen Überraschungen, die Folter, die ich über mich ergehen ließ.

„Und, wie war es?", fragte sie mich mit hochgezogenen Augenbrauen. „Es war geil, muss ich zugeben." Mehr fiel mir nicht ein. Ich war noch zu ausgepowert, um klar zu denken. Ich holte tief Luft und spürte meinen Arsch brennen. „Das war heftig mit der Kerze, Du. Noch nie habe ich so ein Ding oder irgendeinen Gegenstand in meinem Po gehabt." „Aber es war geil, oder?" „Ja, schon, aber ungewohnt."

Benita war glücklich und ging ins Bad, um sich frisch zu machen. Ich folgte ihr. Ich hatte dieses kleine Mädchen echt unterschätzt. Sie war äußerst durchtrieben, nicht so harmlos, wie sie aussah. Sie hatte es faustdick hinter den Ohren. Die Sache mit der Kerze war geil, aber strange. Ich schwor mir, meinen Anus nie wieder für etwas zu öffnen, außer für das, was natürlich ist.

Erschöpft fiel ich ins Bett und schlief ein. Am nächsten Morgen küsste mich Benita wach. „Es ist schon 10 Uhr. Lass uns noch poppen, dann muss ich weg." Ich spürte meinen Po. Mann, tat der weh! Benita kletterte auf mich drauf und steckte meinen Schwanz in ihre Muschi. So klein, so eng, so warm, so schön war es wieder in ihrer 18er-Liebesgrotte. Zuerst ritt sie langsam, dann wilder, bis sie aufschrie und glücklich zusammensank. „Wie möchtest Du es haben?", fragte sie mich. „Mit dem Mund", wünschte ich mir und sah zu, wie sie beherzt zu arbeiten begann.

Zwischendurch wichste sie immer wieder kurz meinen Penis, dann verschwand er ganz in ihrem Rachen. Sie saugte, bis ich abspritzte. Alles ging in ihren Mund. Als sie fertig war, öffnete sie ihr Mäulchen und zeigte mir den Spermasee, den sie genüsslich herunterschluckte.

Benita verschwand aus meinem geilen Leben. Was mir blieb und bleibt, ist meine Maus Andrea, die mir um den Hals fiel, als ich nach Hause kam. „Mein Schatz, ich liebe Dich so sehr. Hast Du Dich auch gut erholt?" „Ja, Schatz, sehr gut", lächelte ich.

Lucy, das Luder

Lucy war blutjunge 18 Jahre jung und absolvierte ein 5-tägiges Praktikum bei uns. Sie besuchte das Gymnasium, die 12. Klasse, und wollte unbedingt das vorgeschriebene Praktikum beim Fernsehen machen. Lucy war ein bulgarisches Teenie-Luder: Ihr Auftreten war souverän und sehr verführerisch, sie verdrehte allen Kollegen die Köpfe.

Sehr lange, dunkelbraune Haare, ein hübsches Engelgesicht, millimetergenau gezupfte Augenbrauen, wolllustige Lippen, 1,75 m groß und modelschlank, ich schätzte sie auf 55 kg. Sie hatte kleine, aber formschöne Brüste, das konnte man erkennen, und einen unglaublich reizvollen Hintern in der Hose.

„Mann, mir gefällt es hier echt super!", sagte sie mir am zweiten Tag, als ich ihr im Gang begegnete und mich nach ihrem Befinden erkundigte. „Das ist schon eine geile Welt, in der ihr hier lebt." „Ja, finde ich auch", grinste ich zurück. „Ich will das später auch machen. Meinst Du, ich könnte bei Euch anfangen?" „Klar, warum nicht, aber davor solltest Du eine entsprechende Ausbildung abschließen", riet ich ihr. „Ok, kannst Du mir ein paar Tipps geben und mich beraten?" „Klar!"

Wir aßen zusammen Mittag und ich erkläre Lucy das Business und die verschiedenen Berufsbilder der Branche. Sie hörte interessiert zu und lächelte mich dabei nett an. „Weißt Du was? Ich muss morgen für 2 Tage geschäftlich nach Frankfurt, ein Projekt begutachten und absegnen. Wenn Du willst, nehme ich Dich mit", schlug ich ihr vor. „Au ja, das wäre super!", jubelte sie hocherfreut. „Wann geht´s los?"

„Schon in der Früh um 5:30 Uhr. Wir fahren mit dem Auto hoch und übernachten im schönen Hilton. Am nächsten Tag sind wir schätzungsweise am späten Nachmittag fertig und fahren dann zurück. Wird ein langer Trip." „Ich freue mich darauf!", bedankte sich Lucy für meine Einladung. Ich lief rasch in mein Büro und buchte noch 1 Zimmer für sie. Andrea erzählte ich ganz ehrlich von der jungen Praktikantin und dass ich sie mit nach Frankfurt nehme. „Dann hat sie in der Schule was zu erzählen", argumentierte ich und nahm Andrea in den Arm.

Sie verstand es und lobte mein tolles Menschliches: „Wenn jeder Chef so wäre wie Du, würde das Arbeitsleben mehr Spaß machen", meinte sie stolz und drückte mich fest. Wir gingen früh schlafen, schließlich war die Nacht kurz, denn um 4:90 Uhr musste ich Lucy auf dem Firmengelände abholen.

Lucy erwartete mich gestylt wie Lady Gaga: Sie trug einen knappen Minirock und ein knallbuntes Shirt, darüber eine halb zerrissene Jeansjacke. Und Schminke hatte sie intus. Viel Schminke. Sexy Schminke.

In hohen Stiefeln stieg sie in meinen BMW ein, und ab ging die Fahrt. Ich düste mit weit über 200 km/h die Autobahn hoch, während Lucy noch müde war. „Ich penn eine Runde", sagte sie, zog sich Schuhe aus und stellte den Sitz auf Schlafposition. Da lag sie nun neben mir, hübsch und fertig. Sie lag fast flach da, ihre Beine waren frei und nackt. Ich begutachtete sie: Sie waren schön und glatt, jung und frisch. Ihr Rock verdeckte wirklich nicht viel, nur das Wichtigste. Schade.

Als wir ankamen, rüttelte ich die Kleine wach und wir checkten schnell im Hotel ein. Dann ging es ins Studio. Unsere Kooperationspartner erwarteten uns bereits und starteten mit der Show-Präsentation, mit der ich durchaus zufrieden war. Einige Kleinigkeiten aber gab es doch noch zu tun. An die Arbeit!

Um 19 Uhr beendeten wir die Session und fuhren zum Hotel zurück. Auf dem Weg sahen wir ein persisches Restaurant und entschlossen uns kurzerhand, es auszuprobieren. Das Essen schmeckte gut und wir unterhielten uns prima. Lucy erzählte mir von ihren Eindrücken und wie spannend und aufregend das alles für sie sei. Ich freute mich. Weiter ins Hotel.

„Gehen wir heute Abend noch aus?", fragte sie mich im Fahrstuhl. „Wohin denn?" „Tanzen. Ich habe Lust auf Party!" „Hm", überlegte ich. Es war ein langer und harter Tag für mich gewesen, doch etwas Unterhaltung würde mir sicherlich gut tun. „Ok", willigte ich ein und wir verabredeten uns für 21:30 Uhr, Treffpunkt Rezeption.

Mich traf der Schlag, als ich Lucy wiedersah. Wollte sie auf den Strich? Anschaffen gehen? Eine billige Nutte war edel angezogen gegen sie. In einem noch kürzeren Rock und durchsichtigem, bauchfreiem Shirt schleppte sie mich zum Auto.

Lucys Brüste konnte man deutlich erkennen, sie schimmerten durch. Sie gefielen mir. Wir fuhren in Richtung Partymeile und entschieden uns für eine coole, moderne Bar mit Tanzfläche und Musik im Keller. Nach 2 Bier wurde ich locker und amüsierte mich langsam.

Während Lucy wild tanzte und mit sämtlichen Typen blickvögelte, schaute ich in die Runde und entdeckte 2 hübsche Frauen auf einem Sofa. Die eine schaute mich geil an und grinste. Das war für mich Aufforderung genug, ihnen Gesellschaft zu leisten. Während ich also nun mit den beiden sehr attraktiven Damen flirtete, hatte sich Lucy einen Kerl gekrallt und umgarnte ihn nach allen Regeln ihrer Kunst. Der Prolet wurde schnell schwach und hing ihr an den Titten. Wild knutschten sie auf der Tanzfläche, was mich aber nicht störte, ich hatte ja gute Gesellschaft.

Ling war äußerst süß und geil auf mich. Ihre Schwester Ming nicht. Egal. Ling war Studentin, Halbasiatin, deutschstämmig. Sie trug ein tiefes Dekolleté und präsentierte ihre für ein Mädel japanischer Abstammung doch recht großen Brüste. Während Ming sich ausklinkte, ging ich in die Flirtoffensive und kam Ling näher. Wir saßen nun dicht zusammen. „Willst Du tanzen?", fragte ich sie und zog sie mit hoch. Sie hatte keine andere Wahl.

Geschmeidig bewegte sie sich und tanzte nun den Tanz der 7 japanischen Schleier. Immer näher tanzte sie an mich heran, bis sich unsere Lippen streichelten. Fühlte sich gut an. Also weiter. Erste Küsse, intensivere Küsse, Knutschen. Ich blickte kurz nach rechts, Lucy tat dasselbe mit ihrem Muskelprotz.

Die Ling wollte mehr: „Zu mir oder zu Dir?", fragte sie mich unverblümt. „Beides geht leider nicht", sagte ich. „Ich bin mit dem verrückten Mädel hier, die da, die gerade mit dem Typen rummacht, wir kommen aus München und ich bin für sie verantwortlich, wir müssen später zusammen gehen." „Schade", meinte Ling traurig."

Eine Lösung gab es nicht. Wir tanzten noch zusammen und knutschten ein bisschen, bis Ling traurig mit ihrer Schwester den Laden verließ. Ich blickte in die Runde, Lucy war immer noch am Feiern, aber alleine.

Ich zog sie beiseite und fragte sie: „Wo ist denn Dein Stecher?“ „Nach Hause gegangen“, brüllte sie mir ins Ohr. „Ich dachte, ihr würdet …“ „Poppen? Ja, wollten wir, aber wo denn? Hey, wir 2 sind zusammen gekommen und wir 2 müssen auch wieder zusammen gehen. Hotel und so.“ Ein kluges Mädchen.

1 Stunde später hatte sich Lucy ausgetanzt und meinte, wir können jetzt abzischen. Ab ins Auto, zurück ins Hotel. Im Auto schaute sie mich fragend an: „Und Du? Du hast doch mit der Asia-Perle rumgemacht. Die war ganz schön geil auf Dich, das habe ich gesehen.“ „Ja, ich hätte gerne mit ihr …“ „Gepoppt? Und warum hast Du es nicht gemacht?“ „Wir wollten ja, aber wo denn? Und übrigens: Wir 2 sind zusammen gekommen und wir 2 müssen auch wieder zusammen gehen. Hotel und so. Du verstehst? Deshalb ging es nicht.“ Wir lachten.

Als wir auf dem Weg in unsere Zimmer waren, schaute mich Lucy verführerisch an und meinte: „Ich will aber heute unbedingt poppen. Ich bin furchtbar geil!“ Ich schaute sie mit großen Augen an. „Hast Du Lust?“, fragte sie mich. Da gab es nichts mehr zu überlegen. Schon waren wir in meinem Zimmer und Lucy ließ ihr kurzes Röckchen fallen.

Darunter hatte sie einen roten String-Tanga, der ihren Po perfekt in Szene setzte. Schwupps, zog sie sich ihr Shirt aus, nun sah ich ihre Brüste live and in colour. Sie waren wunderschön. So spärlich bekleidet schritt sie selbstsicher auf mich zu und drückte mich aufs Bett. „Du bist ein kleines Luder“, grinste ich sie an. „Ein kleines? Ein großes!“, lächelte sie und zog mir meine Jeans mitsamt U-Hose in einem Ruck aus.

Ich entledigte mich meines Hemdes. „Leg Dich hin und entspanne“, bereitete sie das Spektakel vor. Wie eine Stripperin bewegte und räkelte sie sich vor meinen Augen, dass mir ganz schwindelig wurde. Dann berührte sie mich. Ihre kleinen Hände wussten ganz genau, was ein Mann will.

Schnell waren sie an meinem Penis und spielten ihn knallhart. Ich lag da und genoss. Ihre handgroßen Brüste hingen mir entgegen, sie wollten nun Bekanntschaft mit meinen Lippen schließen, also zog ich Lucy weiter zu mir nach unten und fing an, an ihren Nippeln zu saugen. „Geil, weiter!“, stöhnte sie lustvoll und massierte meinen Dödel.

Nach ein paar Minuten flüsterte sie mir ins Ohr: „So, und jetzt verwöhne ich Dich mit dem Mund." Gesagt, gesaugt. Als sie meinen Schwanz in den Mund nahm, drehte ich vor Lust fast durch. Gekonnt lutschte sie den Schaft auf und ab und wichste zwischendurch immer wieder mit der Hand. Wie gerne hätte ich ihr in den Mund gespritzt, doch sie hatte anderes vor: Sie wollte mich ficken.

Schon hockte sie auf mir und drückte meine Salami in sich hinein. Kondom – Fehlanzeige. Ihren roten Tanga hatte sie immer noch an, er saß aber nicht mehr richtig, sondern war verschoben, weil mein Penis Platz brauchte. Schamhaare hatte sie keine, Hemmungen auch nicht.

Wild und geil ritt sie genüsslich auf mir herum, bis ich nicht mehr konnte. „Ich komme gleich!", stöhnte ich und bereitete mich auf den Orgasmus vor. Lucy beendete ihren Ritt auf der Stelle und blieb regungslos auf mir sitzen. So kam ich und erlebte einen bombigen Höhepunkt in ihr. Ich spürte jede Zuckung und jeden Schuss meiner Röhre. Ein geiles Gefühl!

Jetzt wollte ich der Lucy ebenfalls dieses schöne Gefühl schenken und begann sie zu lecken. Ihre Schamlippen waren weich und zart, ihr Kitzler hart und fest. Lucy drückte meinen Kopf immer tiefer in ihren Schoß und hechelte wie eine läufige Hündin. Nach nicht mehr als 4 Minuten stieß sie lange, laute Schreie aus und signalisierte mir so, dass sie das oberste Ende der Fahnenstange erreicht hatte. „Junge, Junge, Du kannst gut lecken!", lobte sie mich und schnaufte aus.

Da lagen wir beide. Ich streichelte ihren mädchenhaften Körper und hörte ihr Seufzen. So lagen wir da. 10 Minuten, 20 Minuten, kein Ton, kein Wort. Plötzlich spürte ich ihre Hand erneut an meinem Penis. „Und jetzt blase ich Dir einen", versprach sie mir und kniete sich seitlich neben mich. Ich ließ sie machen und freute mich auf einen Blowjob der Superlative.

Ihre rechte Hand umfasste meinen Penis sanft und führte ihn zum Mund, der erstklassig arbeitete. Tiefe langsame Züge, dann tiefe schnelle. Ich schenkte diesem Teenie-Luder all meine Aufmerksamkeit und wollte zusehen, wie ich kam, doch kurz bevor es soweit war, legte sie sich seitlich über meinen Oberkörper und verdeckte mir die Sicht auf mehr.

Ich spürte meine Eier jubilieren und kündigte ihr den Höhepunkt an. Mit ihrer rechten Hand vollendete sie ihr Werk kräftig und zügig. Ich krampfte zusammen und spürte meinen Bauch extrem zucken. Ihr kleiner Körper hob und senkte sich mit meinen Kontraktionen.

Als sie sich nach beendigter Arbeit zu mir drehte, erkannte ich sie kaum wieder: Ihr Gesicht war spermaüberflutet! Geil! Genüsslich leckte sie sich mein Vitamin F in den Mund und lächelte mich süß und verträumt an. Ich schwebte.

Die Nacht schliefen wir gut, sie bei mir im Bett, aber auf ihrer Seite. Am nächsten Morgen sollte mich der Wecker um 8 Uhr aus den Federn blasen, aber stattdessen tat dies Lucy um 7. Ich wurde wach und spürte etwas Warmes und Nasses an mir: Es war Lucys Mund. Sie lag zu meinen Füßen und blies mir genüsslich einen hoch. Ich warf meine Müdigkeit weg und spielte mit.

Nun war ich an der Reihe und leckte ihre saftige, kahle Pussy geil. Ich wollte sie unbedingt in der Missionarsstellung rammeln und tat dies volle Pulle! Sie lag da, hübsch und breitbeinig, und nahm meine harten Stöße professionell. Nach 5 Minuten Stellungswechsel. Diesmal Löffelchen. Seitlich von hinten stieß ich ihn ihr hinein, zuerst in Luke 1, die übliche, dann in Luke 2, die ihr auch gut gefiel.

Zum Schluss Reiten. Das konnte sie ja verdammt gut. Elegant nahm sie auf meinem Becken Platz, aber diesmal verkehrt herum, also mit ihrem Rücken zu mir, und begann, mich ins Reich der sexuellen Erfüllung zu entführen. Sie kam laut und intensiv. Ihre Bewegungen wurden langsamer, aber intensiver, ihre Scheide verengte sich fast ums Doppelte und übte nun einen wahnsinnigen Druck um meinen Schwanz aus, dem dieser nicht standhalten konnte. Ich kam ebenso laut und intensiv.

1 Stunde später waren wir auf dem Weg in das Studio. Dort angekommen gab es erst einmal Ärger, da die beiden Projektleiter noch nicht da waren. „Verschlafen", war ihre Ausrede, als sie 30 Minuten zu spät eintrudelten. Ich machte Rabatz und Radau und war sehr erzürnt. Um 17 Uhr war alles geschafft und Lucy und ich saßen im Auto und befanden uns auf dem Rückweg nach München.

„Es war ein tolles Erlebnis mit Dir", grinste mich Lucy an und drückte mir ein Bussi auf die Backe, „aber vorbei ist es noch nicht." Mit diesen Worten beugte sie sich in meinen Schoß und öffnete meinen Hosenstall. Was soll das, dachte ich, wir sitzen hier im Auto und ich düse mit 220 km/h auf der Überholspur – was hat sie vor?

Bevor ich den Gedanken zu Ende denken konnte, hatte sie ihn auch schon in der Hand. „Was machst Du?", fragte ich sie aufgeregt. „Konzentrier Dich und fahr", säuselte sie, „ich werde Dich ein bisschen verwöhnen." Mit diesen Worten stopfte sie ihr Mündchen mit meinem Schwanz. Sie blies mir einen im Auto auf der Autobahn. Wie riskant! Wie geil! Langsam lutschte sie meine Banane frisch und bekam Lust auf more. Ich auch.

Der nächste Parkplatz war der unsere. Im Affentempo bog ich raus und blieb stehen. Zum Glück war kaum etwas los, nur 2 Autos parkten da doof rum. Wir kletterten behände auf die Rückbank und legten los. Lucy unten, ich oben.

Geschickt fickte ich sie, bis ich in ihr kam. Lucy rubbelte dabei ihre Klitoris ziemlich wild und bebte ein paar Sekunden nach mir zum Höhepunkt. Als wir fertig waren, klopfte es laut an unsere Scheibe. Ich schrak hoch und blickte einer älteren Dame in die Augen. Die fuchtelte und blökte uns blöd an. Auf dieses Geschnatter hatte ich keine Lust.

Ich zog mir die Hose hoch, sprang nach vorne und ließ sie im Auspuff stehen. Als wir wieder fuhren, grinsten Lucy und ich uns an und begannen furchtbar zu lachen. „So etwas Peinliches habe ich lange nicht erlebt!", prustete ich los. „Ach was", lächelte Lucy, „das war doch witzig! Die Alte schaute wie ein Bahnhof und hätte uns wohl am liebsten umgebracht."

„Die weiß nicht mehr, was guter Sex ist", grinste ich und küsste Lucy schnell und zielsicher auf den Mund. 1 Stunde vor München wurde Lucy wieder wach. Sie hatte 2 Stunden geschlafen und sich vom Parkplatz-Sex erholt.

Verführerisch schaute sie mich an: „Hast Du Lust auf ein letztes Mal?" Was für eine blöde Frage: Natürlich hatte ich Lust! Also los! Erneut beugte sie sich in meinen Schoß und holte meinen Dong hervor.

Mit Engelshänden und Teufelszunge stimulierte sie ihn sowas von vollsteif. Noch bevor ich auf den nächsten Parkplatz fahren konnte, überschritt ich den point of no return und kam in Lucys Mund. Lucy war überrascht von meiner Ladung und zuckte, dann schluckte sie tief.

Ich kam und baute fast einen Unfall dabei. Der Orgasmus war so stark, dass ich auf dem Gas blieb und um ein Haar einen Audi vor mir rammte. Zum Glück ist nichts passiert. Ich schaute nach unten und Lucy nach oben. Mein Sperma befand sich nicht nur in ihrem Mund, sondern auch an ihren Lippen, an ihrer Nase und an ihrer Wange. Geil!

Kurz darauf war das Abenteuer Lucy vorbei. Ich brachte sie nach Hause und versprach ihr, dass sie jederzeit wiederkommen könne für ein weiteres Praktikum.

Lucy Pt. II & Paula, die Unscheinbare

5 Monate später. Mein Handy klingelte: „Ich bin's, die Lucy. Möchte gerne noch mal zu Euch kommen für ein weiteres Praktikum. Können wir Montag starten?" Ich war überrumpelt, doch fing mich schnell: „Klar, komm nächsten Montag vorbei, dann besprechen wir alles, ok?"

Das bulgarische Teenie-Luder kam genau so, wie ich sie in Erinnerung hatte: Lange, braune Haare, hübsches Engelgesicht, millimetergenau gezupfte Augenbrauen, wolllustige Lippen, modelschlank, sexy, geil! Im Minirock trat sie ein und umarmte mich überschwänglich.

Wir einigten uns auf ein 14-tägiges bezahltes Praktikum. Sie erzählte mir, dass sie ihr Abi gerade noch so bestanden und sich nun für eine Ausbildung im Medienbereich beworben habe. 14 Tage mit der Kleinen, wie geil!

Würde sie auch diesmal Sex mit mir wollen? Ich jedenfalls hatte mächtig Lust darauf! Wie es der Zufall wollte, sollte es wieder ein Arbeitstrip sein, der uns die Möglichkeit gab, uns näher zu kommen. Ich musste 3 Tage nach Salzburg und nahm Lucy mit. Wir fuhren los, alles war noch friedlich. Auf der A8 angekommen dann der Hammer: Sie beugte sich zu mir rüber und küsste mich am Hals.

Währenddessen wanderten ihre Hände zu meiner Hose und zogen meinen Willy ans Tageslicht. „Den lutsche ich Dir jetzt, bis Du kommst", säuselte sie mir ins Ohr und senkte ihren Kopf in meinen Schoß. Ihr Blowjob war phänomenal!

Ihr kleiner, warmer Mund verwöhnte meine Lanze von oben bis unten und um 360 Grad. Ich musste mich mächtig aufs Autofahren konzentrieren, und darauf, keinen Unfall zu bauen. Immer wieder blickte sie verführerisch zu mir und legte einen Zahn zu. Nach ein paar Minuten konnte ich mich nicht mehr zurückhalten und spritzte meinen Samen in ihren Mund.

Sie schluckte meinen Saft und wischte sich mit einem Taschentuch den Mund ab. „Kannst Du mich auf dem nächsten Parkplatz lecken?", fragte sie mich frech. So ein Luder, so ein geiles. „Wir können es versuchen", antwortete ich und bog ab.

Leider hatte sie Pech, denn dieser Parkplatz war überfüllt. Der nächste auch. Ich fuhr von der Autobahn ab, durch irgendein kleines Kaff und blieb nach 2 weiteren Abzweigungen im Niemandsland an einem Waldrand stehen. „Komm, lass uns nach hinten gehen", hauchte ich ihr zu und machte mich bereit, ihr kleines, süßes Fötzchen zu lecken. Lucy war blank rasiert und roch unten nach Rose.

Ohne großes Vorspiel stieß ich ihr meine Zunge hinein und rubbelte ihren Kitzler. Lucy war mächtig erregt und stöhnte so laut, dass das Auto wackelte. Sie drückte meinen Kopf tief in ihr Becken hinein, ich war nun schon fast in ihr.

Plötzlich kreischte sie wie verrückt und schüttelte sich wild hin und her. Ich leckte fleißig weiter und ließ erst von ihr ab, als sie mich an meinen Haaren hochzog und küsste. „Mann, das war geil!", jubelte sie. „Wir werden wieder eine geile Zeit miteinander haben!" Ich freute mich.

Wir fuhren weiter und erreichten Salzburg später als geplant. Aber das war kein Problem, wir hatten genügend Zeit bis zum Geschäftstermin. Ab ins Hotel und poppen. In der Missionarsstellung knallte ich sie hart und wild. Dann machten wir uns frisch und auf den Weg ins Studio.

Der Arbeitsstart verlief erfolgreich. Das Projekt war gut vorbereitet und hatte in Axel-Dieter einen kompetenten Teamleiter. Nach einem gemeinsamen Geschäftsessen mit 13 Mann zog ich mich mit Lucy zurück. Ich hatte mir einen ruhigen und erotischen Abend mit ihr vorgestellt, aber sie wollte wieder Party machen. Naja, bisschen Tanzen und Spaß haben ist ja auch nicht schlecht, mache ich ihr halt den Gefallen. Sie stylte sich über 1 Stunde, dann kam sie als Nutte aus dem Badezimmer zurück. „Willst Du anschaffen gehen, oder was?", wollte ich sie schon fragen, doch ich konnte es mir gerade noch verkneifen.

Ab ins Tanzlokal. Dieses war mehr Disse als Lokal, viele junge Leute wollten die Welt vergessen und sich austoben. Lucy stürzte sich ins Getümmel und war schnell von fickgeilen Typen umgeben. Ihr Anwerben törnte mich ab, dass mir die Lust verging und ich mich an die Bar setzte. Ich trank Bier. Lucy feierte und hatte sich auf einen mit Goldkettchen behangenen Proleten fixiert, mit dem sie heftig auf der Tanzfläche knutschte.

Währenddessen schüttelte ich ein paar Anmachversuche williger Frauen ab, die deutliches Interesse an mir zeigten, aber nicht mein Typ waren. Plötzlich stand Lucy mit dem Goldkettchen-Penner vor mir und eröffnete mir Folgendes: „Wir werden jetzt poppen gehen. Ich nehme Mike mit in mein Hotelzimmer. Mach Dir keine Sorgen, ok?"

Ich schluckte und war gleichzeitig wütend. Dieses undankbare Flittchen! Zuerst mir einen blasen, dann wenige Stunden später mit einem dummen Muskelprotz ficken. Schlampe! Bevor ich ihr antworten konnte, zog sie ihn auch schon hinter sich her und verschwand mit ihrem Stecher im Gedrängel Richtung Ausgang. Ich war echt niedergeschlagen, verlassen, verraten und fühlte mich missbraucht. „Bitte Bier! Danke."

„Lust auf einen Tanz?" Ich drehte mich um und blickte einem blutjungen Mädchen in die Augen. „Wie alt bist Du?", war meine erste Frage, die ich ihr stellen konnte. „18." Ihr Salzburger Dialekt war süß. „Und Du?", wollte sie wissen.

„Na, irgendwas zwischen 20 und Mitte 30", antwortete ich. „25?" „Nein, ein bisschen älter bin ich schon", lächelte ich und lud sie zu 1 Bier ein. „Lieber Tequila", grinste sie zurück und orderte sich ihren Betäuber. Wir kamen ins Gespräch. Sie hieß Paula und war unscheinbar hübsch. Sie hatte kurze Haare, die ihr aber echt gut standen, ein Babyface und eine schlanke, mädchenhafte Figur. Sie war bei weitem nicht so nuttig gekleidet wie Lucy, trug eine Jeans und ein rotes Top, dazu Sneakers.

„Und was machst Du so alleine hier?", fragte sie mich mit großen Augen. „Ich bin mit einem Mädel gekommen, aber die hat einen Typen abgeschleppt. Krass, oder?" Paula staunte nicht schlecht. „Das ist aber fies von der. Wie kann die Dich hier einfach sitzen lassen?"

„Das weiß ich auch nicht. Am Nachmittag bläst sie mir einen, und jetzt lässt sie sich von einem Typen durchschütteln." „Voll aggro", kommentierte Paula Lucys Fehlverhalten und rückte enger. „Und wer kümmert sich jetzt um Dich?" „Na, Du!", lächelte ich und stieß mit ihr an. Paula lächelte zurück, doch sie war zu schüchtern, einen Schritt weiter zu gehen. Also ergriff ich die Initiative: „Tanzen?" „Ja!", strahlte sie und ließ sich von mir in die Menge führen.

Paula tanzte schön und sexy, auch ihr Körper beherrschte die Männer anmachenden Bewegungen und ihr strahlendes Lächeln verzauberte meinen Verstand. Immer enger tanzten wir, bis sich unsere Körper und unser Schweiß berührten. Kurz darauf berührten sich auch unsere Lippen. Paula küsste passiv und sehr genussvoll. Sie wollte geküsst und geführt werden.

1 Stunde später, ich hatte längst einen Steifen in der Hose, stellte ich ihr die entscheidende Frage: „Hast Du Lust mitzukommen?" „Wohin?" „Zu mir ins Hotel." „Ich kann Dir schon vertrauen, oder? Du machst doch nichts Schlimmes mit mir?" „Wie meinst Du das?", fragte ich unsicher nach.

„Na, mich vergewaltigen, schlagen oder so." „Um Gottes Willen, wo denkst Du hin?!", schockierte ich mich. „Hast Du denn das Gefühl, ich sei so einer?" „Nein, aber man kann ja nie wissen." „Vertraue mir, wir werden eine tolle Nacht zusammen haben. Wir machen nur das, worauf Du Lust hast. Du entscheidest was passiert, ok?" Paulas Gesicht hellte sich auf, ihre Sorgenfalten verschwanden und sie küsste mich zärtlich auf den Mund. „Ok, lass uns gehen!"

Wir fuhren ins Hotel und machten es uns auf dem Bett gemütlich. „Ich möchte schnell noch duschen, mich frisch machen", himmelte sie mich an. Ich wies ihr den Weg und wartete. Hinein ging sie mit Klamotten, zurück kam sie ohne. Splitterfasernackt spazierte sie auf mich zu und kam auf meinen Schoß gekrochen.

„Jetzt gehöre ich Dir", küsste sie mich und wartete darauf, genommen zu werden. Das tat ich dann auch. Ich begann ihren wunderschönen Körper zu streicheln und zu küssen. Sie duftete und schmeckte gut. Ich liebkoste ihr Gesicht, ihre Stirn, ihre Ohren, ihren Hals, an dem sie sehr empfindlich war, dann ihren Mund. Von dort aus ging es down.

Ihre Brüste waren klein, schön und fest, ihre großen Nippel hart wie Granit. Ihr Bauch war gut trainiert und verbarg kein Gramm Speck. Nun wurde es buschig. Paula hatte ein volles Schamhaardreieck, wie es nicht mehr viele junge Frauen tragen. Die meisten sind unten blank oder unter die Indianerinnen gegangen, so ganz behaart ist sehr selten geworden. Doch Paula stand das braune Dreieck gut.

Paulas Schamhaare waren nicht zu kurz und nicht zu lang, sie passten zu ihr und ihrem Aussehen. Beine hatte die Kleine schöne, aber die interessierten mich nicht so, nur die Innenseiten der oberen Oberschenkel, die ich zärtlich bearbeitete. Ich begann ihre Schamlippen zu streicheln und erntete Begeisterungsstürme in Form von heftigen Atemfrequenzen.

Ich machte weiter und suchte ihre Klitoris, die ich mittendrin auch fand. Sie war schon stark angeschwollen und pulsierte verrückt. Die musste ich einfach lecken! „Ich würde es Dir gerne mit dem Mund machen, darf ich?", fragte ich sie höflich.

„Mach schon!", stöhnte sie und zog sich die Pussy weit auf. Diese Öffnung nutzte ich und stürzte mich auf ihre Klitoris. Mein Lecken dauerte nicht lange, da kam sie schon. Sie kam still, aber heftig. Ihr Körper bebte, sie biss ins Kopfkissen und ihr kleines Herzchen pochte wild und zügellos.

Als es vorbei war, bat sie mich weiterzumachen: „Ich kann mehrmals kommen. Mach weiter, bitte!" Gesagt, geleckt. So bereitete ich ihr 3 weitere Orgasmen in weniger als 10 Minuten. Dann erst hatte sie genug und zog mich zu sich in den Arm.

„Das war super", strahlte sie, „ich fühle mich sehr wohl bei Dir. Danke!" „Gerne", erwiderte ich und gab ihr zu verstehen, dass nun ich eine Kostprobe ihres Könnens erwarte. Bereitwillig begab sie sich in Position und kündigte eine tolle Massage an. Ich sollte mich auf den Bauch legen und genießen.

Gesagt, gerollt. Die Paula nahm eine Menge Creme und massierte zärtlich und effektiv meinen Rücken, meinen Hals und meine Schultern. Dabei lockerte sie hartnäckige Verspannungen. Das tat gut. Ich ließ mich fallen und genoss ihre Hände auf meiner Rückseite. Sie knetete und knetete und streichelte und streichelte und massierte und massierte … bis ich tatsächlich einschlief. Ich wurde wieder wach, als sie an mir herumrüttelte und mich fragte, ob alles ok sei.

„Ich muss kurz weg gewesen sein", kam ich wieder zu Sinnen. „Du hast so schön massiert, dass ich mich so gut dabei entspannen konnte und kurz eingeschlafen bin. Wahnsinn. Aber jetzt bin ich wieder voll da." Sie nahm mir meine Schlummerpause nicht übel, sondern freute sich über das Kompliment.

Glück gehabt. Eine andere wäre vielleicht gegangen. Paula massierte tiefer und kümmerte sich um meinen Po und die Oberschenkel. Ihre Hand rutschte dabei immer tiefer zwischen meine Beine und berührte nun schon meine Bälle. Die waren hart wie das Leben.

„Gefällt Dir das?", fragte sie mich und küsste meinen Allerwertesten. „Ja, weiter so, das ist geil!", bestätigte ich sie bei der Arbeit und ließ sie fortfahren. Nach ein paar Minuten folgte dann der Befehl, auf den ich schon gewartet hatte: „Dreh Dich um!" Ich drehte mich um und sah der Kleinen in die Augen. Sie wirkte so unschuldig, so süß, so zart, so jung, so geil.

Die Oberkörpermassage fiel eher kurz aus, stattdessen kümmer-te sie sich ausgiebig um meinen Dackel. Paulas Hände waren klein und zart, doch sie konnten fest zugreifen. Schnell hatte sie den richtigen Grip um meinen Schwanz gefunden und wichste meine Vorhaut rauf und runter. Mit der anderen Hand kraulte sie meine Hoden und spielte in der A-Falte herum.

Lange hielt ich dieses Spektakel nicht aus und entschüttete meine Ladung in hohem Bogen. Paula jubelte und strahlte wie die Sonne von Wales: „Wow, das war aber viel!" „Das liegt daran, dass Du es so gut gemacht hast", lobte ich sie und küsste sie zärtlich. „Möchtest Du die Nacht bei mir bleiben?"

„Gerne, wenn ich darf", antwortete sie und kuschelte sich eng an mich. Wir unterhielten uns und ließen den Fernseher laufen, irgend so eine dämliche Talk-Show mit halbbehinderten Spackos. Uninteressant. Dafür erzählte mir die süße Paula mehr aus ihrem Life: „Ich bin eigentlich nicht der One-Night-Stand-Typ, ich konnte bis vor kurzem Liebe und Sex nicht trennen. Weißt Du, ich war 4 Jahre mit einem Kerl zusammen, er war meine erste und große Liebe, bis ich feststellen musste, dass er mich die ganze Zeit belog und betrog. Da habe ich Schluss gemacht und meine Erfahrungen gesammelt.

Letztes Jahr hatte ich eine Menge Typen. Manche waren gut, manche nicht – vom Charakter her, meine ich. Ich habe auch viel Mist erlebt, leider. Aber egal. Einen festen Freund will ich momentan nicht, da ich so schnell keinem Mann mehr vertraue." Ich fragte sie, was ihr an mir gefällt. „Dein ganzes Erscheinen.

Du bist attraktiv, strahlst Erfolg aus, hast flammende Augen, mit denen Du jede Frau herumkriegst. Du hast Charme, bist ein Frauenversteher. Ich fühle mich wohl bei Dir. Du vermittelst mir Sicherheit und Geborgenheit, gleichzeitig übst Du einen enormen sexuellen Reiz auf mich aus. Außerdem kannst Du unglaublich gut lecken!"

Ich freute mich und wurde wieder geil. „Hast Du Lust auf richtigen Sex?" „Du meinst miteinander schlafen?" „Ja." „Ja!" Gesagt, gefickt.

Wir brachten uns schnell in Stimmung und zum Glück hatte Paula ein Verhüterli dabei, eines mit Noppen. Ich zog es mir über und wollte sie als Missionar ficken, doch Paula wollte Doggy Style genommen werden. Na gut, na schön. Von hinten rammelte ich langsam und gezielt, dann schneller und hart. Ihr gefiel es, sie wippte mit und stöhnte gut. „Jetzt im Stehen", bat sie mich und brachte sich in Position.

Doggy im Stehen ist geil. Während ich nagelte, rubbelte sie sich ihre Schamlippen und ihren Busch. Sie kam. Ich fickte weiter, sie kam erneut. Und noch mal. Dieses Mädel war eine Multikommerin, ein Naturtalent der besonderen Sorte.

„Wie willst Du kommen?", fragte sie mich rücksichtsvoll. „In Deinen Mund", antwortete ich und rollte mir das Kondom herunter. „Iiihh, das mag ich aber nicht", zierte sie sich und schüttelte trotzig ihren Kopf. „Warum nicht?", bohrte ich nach. „Ich habe erst ein einziges Mal Sperma geschluckt, es war echt eklig. Mein Freund wollte das unbedingt und ich habe ihm den Gefallen getan, danach habe ich mich übergeben. Seitdem will ich nicht, dass mir ein Mann in den Mund kommt. Blasen ja, Schlucken nein."

„Aber jeder Mann schmeckt doch anders", konterte ich. „Glaub mir, ich schmecke gut." „Nein, ich will aber nicht." „Na gut, Du musst ja nicht", sagte ich und gab nach. „Machst Du es mir trotzdem mit dem Mund bis zum Höhepunkt?" „Ja, aber gib mir rechtzeitig Bescheid, dass ich gewarnt bin, ok?"

„Ist klar", bestätigte ich und sah zu, wie sie mein trotz dieser blöden Diskussion immer noch steifes Glied in den Mund nahm und daran zu lutschen begann. Sie konnte gut blasen, verdammt gut.

Ihre Hände befanden sich an meinem Stängel und drum herum. Sie wollte auf den Knien blasen, ich sollte dabei stehen. Mit gutem Tempo und Druck bearbeitete sie mich weiter und weiter, bis ich mein Sperma brodeln spürte. „Pass auf, gleich ist es soweit!", gab ich ihr das vereinbarte Zeichen und sah zu, wie sie gute, alte Handarbeit erledigte und mich über den point zu einem spritzigen Orgasmus brachte. Sie wichste weiter, bis mein Penis erschlaffte und seine Ruhe wollte.

„Danke, dass Du so verständnisvoll bist. Es gab Typen, die haben mich rausgeschmissen, weil sie nicht in meinen Mund kommen durften." „Ach, ist doch selbstverständlich, so bin ich halt. Wie Du schon sagtest: Ein Frauenversteher." Wir lachten und schliefen wenige Minuten später Arm in Arm ein.

Am nächsten Morgen machten wir geiles Heavy Petting in der 69er-Position und schenkten uns erneut äußerst intensive Orgasmen. Dann musste ich leider zur Arbeit. Wir verabredeten uns für den Abend und sie versprach mir eine Überraschung. Sie ging.

Doch wo war Lucy? Hatte dieses Luder etwa verpennt? Ich marschierte rüber zu ihrer Zimmertür und klopfte. Nichts. Ich klopfte lauter. Nichts. Ich wurde energischer und schlug nun schon fast die Tür ein. Da öffnete dieser hirnlose Macho – nackt wie Gott ihn schuf – diese beschissene Tür und blickte mich doof an. Ich drückte ihn beiseite und betrat das Nutten-Zimmer. „Lucy, wo steckst Du?", rief ich, doch eine Antwort bekam ich nicht. Stattdessen zeigte der Typ mit seinen Zeigefinger auf die Badezimmertür. Richtig, Duschgeräusche.

„Sag ihr, wir müssen los! Verdammt noch mal, wir sind spät dran!", trug ich dem Lackaffen auf, Lucy aus der Dusche zu holen. 1 Minute später stand Lucy nackt vor mir. „Sorry, ich habe Zeit und Raum vergessen", entschuldigte sie sich kleinlaut und zog sich an. Auch ihr Penner war in null Komma nichts Verschwindibus bereit.

Sie knutschte ihn, griff ihm noch mal an den Sack, und zu dritt verließen wir das Hotel. Während der Typ zu seiner VW-Schrottkiste latschte, machten wir es uns in meinem eleganten BMW gemütlich. Nach einigen Minuten fragte ich Lucy: „Und, wie war´s?"

„Gut, ja, der Kerl konnte ordentlich und ausdauernd nageln, ich hatte meinen Spaß", antwortete sie mir mit einem breiten Grinsen im Gesicht. „Und was hast Du gemacht?"

„Dasselbe wie Du", antwortete ich lässig und erzählte ihr von Paula. Das schien sie eifersüchtig zu machen. Ich merkte, dass ihr das nicht passte. „War sie wenigstens gut?" „Ja, der Sex mit ihr war echt geil! Sie kann verdammt gut blasen und ficken!" Stille. Plötzlich kramte Lucy in meiner Hose herum und holte meinen Ding Dong heraus. „Ich zeige Dir, was richtig gutes Blasen ist", sagte sie aufmüpfig und nahm ihn in den Mund. „Nicht jetzt, wir sind mitten in der Innenstadt, und außerdem sind wir in 5 Minuten am Ziel."

„So lange brauche ich nicht, Du wirst schon nach 3 Minuten kommen", versprach Lucy und legte sich ins Zeug. Ein paar Passanten schauten etwas komisch ins Auto rein, besonders an den roten Kreuzungen, aber das war mir egal. Lucy hatte Recht: Ich kam, noch bevor wir unser Ziel erreicht hatten. Der Samen landete in ihrem Mäulchen. Sie schluckte alles, blickte mir triumphierend in die Augen, wischte sich das Restsperma vom Mund und meinte: „Siehst Du, ich bin die Beste! Das war ein Blowjob, wie er im Buche steht." „Ja, das war er", bestätigte ich und parkte ein.

Der Tag verging wie im Flug. Die Arbeit trug Früchte und um 18 Uhr hatten wir unser Pensum geschafft. Auf dem Rückweg zum Hotel fragte mich Lucy, ob wir am Abend wieder zusammen ausgehen. „Nein, heute nicht", antwortete ich ruhig. „Warum nicht? Ich habe Lust auf Party!" „Weil ich verabredet bin." „Mit wem?" „Mit Paula." Lucy schaute mich mit weit aufgerissenen Augen an:

„Die von gestern?" „Ja. Wir treffen uns um 20 Uhr." „Und ich? Was soll ich machen?", fragte sie mich schockiert. „Hm, weiß ich nicht", gab ich zurück, „Du kannst ja den Kerl noch mal kommen lassen oder verbringst einen ruhigen Abend und schaust fern oder Du gehst alleine aus."

Lucy war wütend und eifersüchtig: „Eigentlich wollte ich den Abend und die Nacht mit Dir verbringen, aber das geht dann wohl nicht", zickte sie herum. „Na hör mal", schoss ich zurück:

„Du hast Dir gestern Abend den Typen geangelt und mich links liegen lassen, Du hast die Nacht mit ihm und nicht mit mir verbracht, da sei mir doch auch ein bisschen Spaß gegönnt. Ich finde Dein Verhalten jetzt ziemlich unfair."

Lucy wusste, dass ich Recht hatte und schluckte. „Pass auf, Paula ist echt geil und ich möchte noch einen Abend mit ihr verbringen, das habe ich ihr versprochen. Bitte stell Dich nicht so an und lass mich machen." Lucy nickte und spielte die beleidigte Leberwurst. Im Hotel angekommen brachte ich sie auf ihr Zimmer, machte mich frisch und auf den Weg zu Paula.

Wir trafen uns zum Abendessen in einem Restaurant, das sie empfohlen hatte. Paula sah entzückend aus. Sie trug einen Minirock und ein sexy Top, das ihre wunderschöne Figur perfekt in Szene setzte. Wir flirteten sehr intensiv und genossen die gute Küche des Sizilianers.

Ab ins Hotel! In der Eingangshalle klingelte plötzlich mein Handy, es war Andrea. Ich bat Paula, hier auf mich zu warten: „Ich bin gleich wieder bei Dir. Ist wichtig!" Andrea erzählte mir, dass ihr Vater ziemlich angeschlagen sei und sie sich Sorgen um ihn mache. „Keine Sorge, Schatz, morgen Abend bin ich zurück und dann fahren wir zu Deinen Eltern und schauen nach dem Rechten, ok?" Andrea war erleichtert: „Danke, mein Schatz, ich liebe Dich." „Ich Dich auch, bis morgen", beendete ich das Telefonat und steckte mein Handy wieder ein.

Ich drehte mich um und mich traf fast der Schlag: Da standen Lucy und Paula zusammen und unterhielten sich. Entschlossenen Schrittes visierte ich sie an, doch bevor ich Lucy zur Rede stellen konnte, begrüßte sie mich mit einer heißen Umarmung: „Hey, alles ok bei Dir? Ich habe schon gehört, das Essen war super." Ich zog sie beiseite und stellte sie zur Rede:

„Was ist bloß los mit Dir? Was mischt Du Dich in meine Angelegenheiten ein?! Was hast Du ihr gesagt?" „Nichts", antwortete Lucy lässig, „nur die Wahrheit. Ich habe ihr erzählt, dass wir zusammen hier sind und Du von ihr geschwärmt hast." „Und weiter?" „Nichts. Dass ich ein Praktikum bei Dir mache und dass wir uns schon länger kennen. Das war´s. Wir haben uns einfach nett unterhalten, bis Du dazwischen kamst." So ein Luder! Paula gesellte sich zu uns und fragte, ob alles ok sei.

„Ja, wir haben nur gerade etwas Wichtiges besprochen", lenkte ich ein und fühlte mich wie ein begossener Pudel. „Los, lasst uns zusammen etwas trinken an der Bar", schlug Lucy vor und nahm Paula an der Hand.

Wir bestellten uns Cocktails. Die beiden Mädels unterhielten sich gut und ich verstand die Welt nicht mehr. Was war hier los? Ich hatte mich auf einen geilen Abend mit Paula gefreut, mit viel Sex. Wie konnte es nur passieren, dass wir nun zu dritt an der Bar saßen und die beiden Mädels sich miteinander beschäftigten, während ich doof in die Röhre schaute. Auf einmal drehten sich beide Mädels zu mir um und lächelten mich verführerisch an. Was hatte dies zu bedeuten? Machten sie sich lustig über mich, oder was? Lucy stand auf und kam auf meine rechte Seite, Paula saß zu meiner linken.

„Was würdest Du davon halten, wenn ich Dir sage, dass Paula und ich geil auf Dich sind und wir beide Dich jetzt vernaschen wollen", hauchte mir Lucy verrucht ins Ohr. Ich blickte den beiden Mädels in die Augen, sie strahlten und erwarteten meine positive Antwort. „Da würde ich nicht Nein sagen." „Also, worauf warten wir dann noch", juchzte Lucy und zog mich mit. Hand in Hand in Hand machten wir uns auf den Weg in mein Zimmer.

Ich weiß nicht, wie Lucy es geschafft hat, Paula dazu zu bringen, aber das war nun auch egal. Vor mir lag eine Nacht mit 2 blutjungen, 18-jährigen, bildhübschen, geilen Mädels. Juhu! Noch bevor ich mich entkleiden konnte, taten die Nymphen das für mich. Schnell war ich nackt und legte mich auf das schöne Bett. Lucy und Paula dimmten das Licht und strippten für mich. Als beide Höschen fielen, hielt ich es kaum noch aus und befahl den beiden Häschen, zu mir aufs Bett zu kommen.

Lucy war die erste und knutschte mich nieder. Paula kümmerte sich derweil um meinen erigierten Penis. Während Lucys Zunge mit meiner verhandelte, spielte Paulas Zunge an meiner Eichel herum. Auch Lucy wollte nun etwas Handfestes in den Mund nehmen und gesellte sich zu Paula ans Bettende. Beide knieten vor mir und bliesen mich abwechselnd und zusammen. Es war krass geil, beiden Mädels beim Oralsex an mir zuzusehen.

Lucy blies nuttig und zügig, Paula liebevoll und langsam. Beides war absolut Hammer! Als Lucy wieder am Zug war, konnte ich ihrem Tempo und Druck nicht mehr standhalten und explodierte in ihr Gesicht. Geil leckte sie all mein Sperma weg und lächelte mich versaut an. Auch Paula war glücklich. Und ich erst!

Nun wollte ich die beiden verwöhnen, doch Lucy war so in Fahrt und knutschte schon mit Paula. Verdammt noch mal, was für ein geiles Weib! Paula machte hemmungslos mit und ließ sich auf dieses Lesbenspiel ein.

Lucy küsste Paulas Brüste und wanderte tiefer, bis sie ihre Schamhaare im Mund hatte. Ich war sprachlos und konnte mein Glück kaum fassen: So etwas Geiles hatte ich lange nicht mehr gesehen! 2 18-jährige Mädels treiben es miteinander, live and in living colour vor meinen Augen, exklusiv für mich. Das ist Wahnsinn!

Lucy leckte Paula so lange, bis die ihre Orgasmen hatte und wild wie ein Aal im Bett herumzuckte. Nun Damentausch. Jetzt war Paula an der Reihe, ihre neue Freundin glücklich zu machen. Ich saß mit einem Steifen daneben und starrte gebannt zu, wie Paula voller Leidenschaft Lucys Körper streichelte und dann mit der Leck- und Saugarbeit begann.

Auch sie schien schon Muschi-Erfahrung zu haben und kümmerte sich professionell um Lucys Orgasmus, der heftig ausfiel. Glücklich nahmen mich beide in den Arm und kuschelten mit mir.

„Und, hat es Dir gefallen?", fragte Lucy mit hochgezogener Augenbraue ihre Bettgenossin. „Ja, das war echt geil, Du hast mir nicht zu viel versprochen!", lächelte Paula glücklich. „Für Euch beide war das nicht das erste Mal mit einem Mädel, oder?", wollte ich wissen. „Ach was", grinste Lucy, „ob Mann oder Frau, Sex ist Sex! Ich mache da keine großen Unterschiede." „Und Du?", fragte ich Paula. Die grinste etwas verschämt: „Naja, ein paar Mal habe ich das schon gemacht, aber nur mit meiner besten Freundin." Während des Smalltalks entdeckte Lucy, dass mein Penis wieder aktiv und geil war. „Komm, Paula, jetzt ficken wir ihn durch", tönte das bulgarische Luder und wichste meinen Dude steif.

Ohne Kondom setzte sie sich auf mich und begann zu reiten. Ihre blanke Pussy war warm und feucht, ich konnte alles genau sehen. Nach 2 Minuten stieg sie ab und schubste Paula auf mich drauf. Die wollte aber nicht ohne Kondom, zum Glück hatte sie eines dabei und rollte es mir über. Paula ritt zaghafter und hatte ihren Augen geschlossen. Sie war enger als Lucy, aber ebenso saftig.

„Jetzt wieder ich!", forderte Lucy und nahm auf dem Kondom Platz. Sie ritt wild und brachte mich an den Rande des Ergusses, doch diesen wollte ich Paula schenken. Also wieder Paula auf mich, und es dauerte nicht lange, bis ich zu beben begann und meine Ladung ins Gummi spritzte. Just in dem Moment zuckte auch Paula herum und stieß glückliche Schreie aus. Auch sie war gekommen. Toll!

Wir waren durchgeschwitzt und gönnten uns eine Dusche zu dritt. Das war schön. Dann lümmelten wir uns aufs Bett, ich in der Mitte, rechts in meinem Arm Lucy, links in meinem Arm Paula. Ein tolles Gefühl! Wir schauten einen Dracula-Film und genossen die Nähe und die Wärme miteinander.

Es war knapp 1 Uhr, als Dracula erledigt und wir wieder geil aufeinander waren. Während Lucy und Paula knutschten, stieg ich aus dem Bett und zückte aus meinem Koffer die Videokamera, die ich dabei hatte. Ohne die beiden Grazien um Erlaubnis zu bitten oder darauf aufmerksam zu machen, drückte ich auf Rekord und platzierte die Kamera bestmöglich zum Bett gerichtet auf den großen Tisch.

Die beiden Mädels bemerkten nichts, sie waren im zärtlichen Liebesrausch und knutschten sich ab wie ein frisch verliebtes Paar. Ich sprang dazwischen und mischte mit. Knutschen mit Lucy, dann mit Paula, dann wieder mit Lucy. Ich war der Hecht im See, der Lord des Rings.

Nun wollte ich Pussys lecken. Zuerst Lucys. Lucy begab sich in Position und spreizte ihre Beine weit auf. Ich tauchte ab und lutschte ihre Schamlippen feucht, dann ihren Kitzler fest. Paula spielte derweil mit meinen Eiern und mit Lucys Brüsten. Sie wurde so geil dabei, dass nun auch sie geleckt werden wollte. Da ich beschäftigt war, musste Lucy. Paula kniete sich über Lucys Oberkörper und hielt ihr ihre Fotze vor die Nase.

Lucy zögerte keine Sekunde und begann das schöne Gestrüpp zu lecken. Ich leckte Lucy und Lucy leckte Paula, und alles auf Band! Ich spürte, dass Lucy kurz vor ihrem Orgasmus stand. Ich hätte es ihr längst final besorgen können, aber ich wollte, dass beide Mädels gleichzeitig kommen. Ein paar Minuten später war es soweit: Paula wurde immer unruhiger und bereitete sich auf ihren Höhepunkt vor. Ich intensivierte meine Leck-Technik und gab Vollgas. Das Resultat war überwältigend: Beide Mädels kamen zusammen!

Lucy schrie wie am Spieß, Paula keuchte wie eine Porno-Darstellerin in Bestform. Es war vollbracht! Stolz wie Oscar grinste ich die beiden Mädels an und erntete Blicke und Küsse voller Respekt und Dank.

„So, mein Schatz, jetzt bist Du dran, verwöhnt zu werden. Was wünscht Du Dir?", fragte mich Lucy voller Lust. „Einen Special Blowjob", antwortete ich und schlug den beiden ein spannendes Spiel vor: „Also, wir machen das so: Ihr wechselt Euch ab. Jede von Euch bläst genau 30 Sekunden lang, dann Wechsel. Das Ganze so lange, bis ich komme. Diejenige, die es vollbringt, bekommt als Belohnung eine exklusive Massage von mir und der Verliererin. Einverstanden?" Beide Mädels schauten sich an und begannen zu grinsen: „Ok, wir sind dabei!"

Wir losten, wer beginnen darf, die Wahl fiel auf Paula. Ich legte mich in die beste Position und war gespannt, wie sich das Spiel entwickeln würde. Ich schaute auf meine Uhr und gab Paula das Startsignal: „Go!"

Paula nahm meinen Penis in den Mund und lutschte gut an ihm herum. Schnell waren die 30 Sekunden rum und Lucy übernahm. Mein Dong war bereits mittelsteif und genoss dieses Spiel genauso wie ich. Eine halbe Minute später übergab sie Paula mein vollsteifes Glied. Paulas Augen funkelten und sie gab ihr Bestes. Dann wieder Lucy.

Nach etwa 4 Minuten spürte ich, dass es nun brenzlig wird. Das spürte auch Paula und verlangsamte das Tempo. Eine plötzliche Unsicherheit war ihr anzumerken. Die 30-Sekunden-Intervalle waren trickreich. Was tun? Gas geben und sich auf sein Können verlassen, oder lieber nichts riskieren in dieser heißen Phase. Ich war gespannt, wie Lucy sich entscheiden würde.

Sie gab Gas und versuchte, mich in ihren 30 Sekunden zur Strecke zu bringen, was ihr aber nicht gelang. Paula schöpfte Mut und glaubte, die intensive Vorarbeit Lucys nutzen zu können, sie blies ziemlich heftig und wichste mit einem Kreis aus Daumen und Zeigefinger schnell meinen 15 cm langen Dongschaft entlang. Doch ich konnte mich noch beherrschen. Noch. Lucy war sich nun sicher, mich zum Orgasmus zu bringen und gab alles.

Nach 15 Sekunden ihrer Arbeit spürte ich meinen Orgasmus brodeln und ejakulierte 5 Sekunden später mein Sperma in ihren Mund. Der Orgasmus war megaheftig und unglaublich schön. Lucy jubelte und streckte triumphierend die rechte Faust gen Himmel. „Mist!", fluchte Paula vor sich hin, dann: „Ich will eine Revanche!" „Die bekommst Du, wenn unser Meister noch mal kann", grinste Lucy uns beide an. „Später!", versprach ich. „Gönnt mir erst mal eine kurze Verschnaufpause, ja? Das war ziemlich heftig!"

Während die beiden Mädels wieder TV schauten, ging ich zur Videokamera rüber, schaltete sie ab und ließ sie in meinem Koffer verschwinden. Ich weiß nicht, ob die beiden Flittchen mitbekommen haben, dass ich das Spektakel gefilmt habe; selbst wenn, keine hatte etwas dagegen gesagt, also alles ok.

Paula und ich verpassten Lucy die gewonnene Massage und kneteten ihren Rücken professionell mit 4 Händen durch. „Ah, tut das gut!", stöhnte diese und genoss. Danach war ich bereit für die versprochene Revanche. „Dieselben Regeln, ja?", fragte Paula in die Runde. Ich bestätigte. „Ich überlasse Dir den Anfang", forderte Lucy ihre Kontrahentin auf, loszulegen.

„Go!", startete ich Runde 2, und Paula legte fleißig los. Sie wollte diesmal unbedingt gewinnen, ihr Ehrgeiz und ihre Lust waren spürbar. Sie vögelte mich mit ihren Blicken. Augen-Sex nennt man so etwas. Sie spielte mit mir und machte mich heiß wie ein Backsteinofen. Dann Lucy, die das Flirtspiel Paulas mitbekommen hatte und ihrerseits nun alle ihr zur Verfügung stehenden Reize einsetzte, um mich geil zu machen.

Diesmal hielt ich ganze 7 Minuten durch, dann aber waren Lucys Züge so effektiv, dass mein Penis abspritzen wollte. Wechsel. Paula.

73

Lucy merkte, dass sie eine große Chance verpasst hatte und ärgerte sich gewaltig. „Mist!", schimpfte sie in sich hinein, doch es war zu spät. Paula erkannte die gute Vorarbeit der bulgarischen Schlampe und setzte zum Zielsprint an. Gekonnt blies sie mit Zunge an meiner Eichel mich an den Rande des Wahnsinns und über den point of no return hinaus zum ersten Lusttropfen.

Als sie den spürte, war ihre Zeit leider schon um und Lucy grapschte nach meinem Schwanz. Paula beging schweren Regelbruch: Sie drückte Lucys Hand weg und lutschte kräftig weiter, da kam ich auch schon in ihr Mäulchen. In diesem Moment war ihr das so was von egal! Obwohl ihre Einstellung ja war „In den Mund kommen verboten!", ließ sie es diesmal zu und nahm alles auf. Hauptsache gewonnen! Einfach genial!

„Das war gemein von Dir!", schimpfte Lucy. „Ich hätte gewonnen! Deine Zeit war abgelaufen! Ich hätte ihn zum Orgasmus gebracht!" Paula lächelte nur frech und küsste Lucy mit meinem Sperma auf den Lippen. Das besänftigte diese. Paula strahlte und war glücklich. „So, jetzt bekomme ich eine Massage!" Recht hatte sie. Lucy und ich schenkten ihr ein halbstündiges Kneterlebnis, dann schliefen wir Arm in Arm in Arm ein.

Am nächsten Morgen kam der Abschied. Ich war traurig, Paula hinter mir lassen zu müssen und versprach ihr, mich zu melden, wenn ich wieder in Salzburg bin. Der Restarbeitstag war erfolgreich, dann machten Lucy und ich uns auf den Rückweg nach München. Im Auto bekam ich den obligatorischen Blowjob, dann setzte ich sie gegen 20 Uhr vor ihrer Wohnung ab und fuhr müde, aber glücklich nach Hause.

Andrea umarmte mich fest und bat mich, direkt weiter zu ihren Eltern zu fahren, um nach ihrem Vater zu sehen. Fritz ging es in der Tat schlecht. Er sah blass aus. Ich hielt es für das Beste, ihn am nächsten Morgen ins Krankenhaus zur Untersuchung zu bringen. Zum Glück war es nur eine Lebensmittelvergiftung, nichts Schlimmes also. Wir waren erleichtert und Fritz ging es nach entsprechender Medikamentierung schnell besser.

So geil der Trip mit Lucy war, irgendwie hatte es sich ausgesext. Ich hatte nicht mehr solche Lust auf sie. Trotzdem trieben wir es noch zweimal in meinem Büro, dann waren die 2 Wochen rum und Lucy nichts weiter als eine Erinnerung.

Teresa, die Billardqueen

Freitagabend, Feierabend, Bierchen zischen, ab in die Bar. Das Barmädchen gefiel mir außerordentlich gut. Sie hieß Teresa und hatte einen russischen Akzent. Sie war schlank, ihre mittellangen, blonden Haare waren nach hinten zusammengebunden.

„Bitte Bier", bestellte ich und lächelte sie charmant an. Die nächsten Minuten beobachtete ich sie bei jedem Schritt. Sie war blutjung, geile 18. Die Kleine merkte, dass ihr meine Augen folgten und blickte interessiert zurück. Da war etwas, eine interessante Spannung, die sich aufbaute. Das liebe ich. Immer intensiver wurde meine Flirtgestik und immer interessierter wurde sie.

„Bitte noch ein Helles", hauchte ich ihr zu. Als sie mir das Bier servierte, berührten sich unsere Hände. Ich schaute ihr in die Augen. „Weißt Du, dass Du sehr schöne Pupillen hast?", sagte ich. „Danke", lächelte sie. Wir kamen ins Gespräch. Teresa erzählte mir, dass sie Schülerin sei und zweimal die Woche hier abends arbeite. „Wie lange musst Du heute noch?", wollte ich wissen. „Bis um Mitternacht, dann habe ich frei." „Hast Du Lust, danach noch mit mir etwas zu trinken?" „Ja, gerne."

Der Abend verging wie im Flug, und schon war es 24 Uhr. Teresa verschwand kurz im Büro und zog sich um. Sie kam mit offenen Haaren zurück, trug ein schickes T-Shirt und eine Lederjacke. Stiefel hatte sie an und eine hautenge Jeans. Teresa war zuckersüß. Wir gingen in eine andere Bar, in der auch ein Billardtisch stand, der mich auf eine Idee brachte. „Was hältst Du von einem Spiel?", fragte ich.

„Cool, ich liebe Billard. Da bin ich irre gut." „Sicher?" „Klar, ich fege Dich vom Tisch", grinste sie. „Pass mal auf, wir spielen um einen Einsatz. Wenn Du gewinnst, hast Du einen Wunsch frei. Wenn ich gewinne, habe ich einen Wunsch frei." „Einverstanden", lächelte sie. „Und was wünscht Du Dir, falls Du gewinnst?" „Dich." Sie schaute mich mit großen Augen an. „Wie meinst Du das?" „Na, Dich, eine Nacht mit Dir." „Hm, mit Sex und allem?" „Ja. Wenn ich gewinne, möchte ich eine Nacht mit Dir, mit allem, was dazugehört."

Teresa wirkte unsicher. Sie überlegte. „Gut, aber nur, wenn Du meinen Wettwunsch akzeptierst." „Und der wäre?" „Wenn ich gewinne, spendierst Du mir neue Schuhe." Wie bitte?", fragte ich nach. „Na, dann gibst Du mir Geld für neue Schuhe. Ich hab welche gesehen, die möchte ich unbedingt haben. Die kosten 129 Euro." Ich überlegte. „So soll es sein." Wir schlugen ein.

„Best of 3", sagte sie und eröffnete das Spiel. Teresa spielte gut, sehr gut sogar. Mit Sicherheit, Können und Geschick stieß sie die Kugeln richtig an. Ich staunte. Sie hatte nur noch eine plus die Schwarze auf dem Tisch, ich noch 4. Mist! Jetzt musste ich zulegen. Und ich traf. Und traf. Und traf. 3 hintereinander lochte ich ein, doch dann war Schluss. Teresa beendete das Spiel mit 2 Treffern am Stück.

„Ich freue mich schon auf die Schuhe", grinste sie. „Na warte, noch ist es nicht vorbei", konterte ich und stieß die zweite Runde an. Ich wusste, was auf dem Spiel stand, also konzentrierte ich mich doppelt.

Diesmal war ich der Bessere. Schnell und zügig bewies ich mein Billardkönnen und schickte die 8 schlafen, während Teresa noch 3 Kugeln auf dem Tisch hatte. „Sehr gut", lobte sie mich. „Das Spiel habe ich Dir geschenkt, um es spannend zu machen. Jetzt zählt's!" Teresa startete gut, schnell hatte sie 4 Kugeln versenkt. Ich hielt dagegen und spielte mein bestes Billard. Es wurde richtig eng. Nur noch die 8 lag auf dem Tisch.

Teresa verfehlte ihr Loch um Haaresbreite, ich musste treffen. Konzentration. Stoß. Loch! Jubel! Hurra! „Ich habe gewonnen! Hast Du gesehen?", grinste ich sie an. „Ja, habe ich", war ihre Antwort. „Du hast echt gewonnen. Glückwunsch." Sie schüttelte meine Hand und drückte mir ein Küsschen auf die Wange. „Du hast sehr gut gespielt", lobte sie mich. „Du weißt jetzt, was das bedeutet?", fragte ich sie. „Ja, Du bekommst mich heute Nacht. Versprochen ist versprochen." „Schade nur um die Schuhe", flüsterte sie und holte ihre Jacke. Wir gingen zu ihr.

Teresa wohnte in einer kleinen 2-Zimmer-Wohnung im Zentrum Münchens. „Pass auf, ich habe unter folgenden Bedingungen Sex mit Dir", sagte sie: „Nur mit Gummi, zärtlich und respektvoll, kein Anal oder sonstige Perversitäten." „Klar", bestätigte ich, „mach Dir keine Sorgen."

„Wenn Du weißt, was es für kranke Typen gibt, machst Du Dir aber Sorgen", meinte sie nachdenklich und zog sich aus. Auch ich zog mich aus. Da standen wir nun, nackt, und schauten uns an. Teresa hatte einen wunderschönen Körper, mädchenhaft und unschuldig frisch. „Na mach schon", forderte sie mich zwinkernd auf, die Initiative zu übernehmen. Ich küsste sie und trug sie aufs Bett, wo ich anfing, ihre Brüste zu liebkosen. Teresa hatte kleine, schöne Titties, in ihrer rechten Brustwarze war ein Piercing.

Weiter ging es down south, bis ich an ihrer Muschi angelangt war. Die schmeckte prima. Ich leckte sie mit meiner Spezialtechnik innerhalb von wenigen Minuten zu 2 Orgasmen.

„Noch nie hat mich einer so geleckt, das war göttlich!", lobte sie mich. „Kannst Du auch so gut ficken?" „Mal sehen", sagte ich mit hochgezogener Augenbraue und steckte meinen harten Knüppel in ihre Lustgrotte. Die war eng und nahm meinen Schwanz saugend auf. Ich fickte sie in der Missionarsstellung und blickte in ihr wunderschönes Gesicht, auf ihre Brüste, ihre Muschi, die mit einem zarten, hellen Schamhaarstrich begrast war. Ich fickte sie zart, hart, langsam, schnell. Sie stöhnte laut, leise, schnell, kurz, lang. Sie kam. Ich kam. Es war geil!

„Du kannst genauso gut ficken wie lecken", hechelte sie und küsste mich zärtlich. Ich war glücklich. Ein 18-jähriges Ding im Bett, bildhübsch, geil und willig. Ich hatte sie gewonnen, erobert, beim Billard besiegt und herumgekriegt. Was bin ich nur für ein toller Hecht!

Wir tranken Cola und unterhielten uns über Sex. „Weißt Du, manche Typen sind echt krass im Kopf", erzählte sie. „Die wollen nur Sex und denken nur an sich, das sind dumme Fickprotze, die nichts im Hirn haben. Leider falle ich immer wieder auf solche rein. Du bist anders."

„Wie meinst Du das?", fragte ich. „Du bist gut gebildet, weißt eine Frau zu verstehen, hast Stil und Niveau. Das gefällt mir. Zur Belohnung blase ich Dir jetzt einen." Ich staunte nicht schlecht, als sie mein Glied in den Mund nahm und zärtlich daran nuckelte. Blasen konnte sie unglaublich gut. Sie saugte jeden Zentimeter meines Dongs steif und übte mit ihrer linken Hand schönen Druck um meinen Schaft aus.

Es war ein Bild für Götter! Teresa kniete zwischen meinen Beinen und erhöhte die Blasfrequenz, bis ich kam. Mein Sperma spritzte in ihren Mund, sie schluckte alles. Geil!

Die Nacht blieb ich bei ihr. Den ganzen Vormittag hatten wir Sex. Ficken ohne Ende. Über 2 Stunden dauerte das Liebesspiel. Immer wieder bremste ich mich und nagelte dann weiter, immer wieder Stellungswechsel. Teresa konnte nicht genug bekommen und spornte mich zu Höchstleistungen an. Sie war bereits dreimal gekommen, als ich an der Reihe war und in ihr ejakulierte. Die Befreiung war unglaublich, alle meine Muskeln lösten sich, ich genoss wie ein Weltmeister.

Teresa musste leider zur Arbeit. Ich auch. Wir verabredeten uns für den späten Abend. Ich holte sie wieder um Mitternacht ab und wir wiederholten das Billardmatch. Diesmal mit einem anderen Wetteinsatz. Sie wollte immer noch das Geld für die Schuhe, ich Folgendes: „Wenn ich heute gewinne, darf ich filmen." „Was willst Du filmen?", fragte sie neugierig. „Uns", war meine Antwort. Sie verstand nicht und schaute mich ratlos an. Dann begriff sie: „Du meinst doch nicht etwa …" „Doch", grinste ich. „Genau das."

Teresa lachte. „Na, das ist ein heikler Wetteinsatz. Aber er gefällt mir. Einverstanden. Das ist der Kick, den ich brauche, um Dich platt zu machen", juchzte sie und legte los. Wieder spielten wir „Best of 3", und wieder gewann Teresa den ersten Satz, ich den zweiten und den dritten. SIEG! Ich darf filmen!

Irgendwie hatte ich aber das Gefühl, Teresa hatte mich gewinnen lassen. Ihre Blicke waren gierig, sie war geil, das spürte ich. Ab zu ihr. Meine Videokamera hatte ich dabei. Ich platzierte das Aufnahmemedium optimal zum Bett. Teresa verschwand kurz im Bad. Als sie wiederkam, stockte mir der Atem. In Reizwäsche und High Heels stolzierte sie auf mich zu. Sie zog mir die Kleider vom Leib und begann mich oral zu verwöhnen.

Teresa kniete sich so hin, dass die Kamera alles perfekt einfing. Mit Engelszunge und Mädchenhänden stimulierte sie meinen Schwanz und meine Eier. „Let´s ride, baby", stöhnte sie und hockte sich auf mich. Mit ihrem Gesicht zur Kamera ritt sie mich auf und ab.

Ihre süße, enge Muschi passte perfekt um meinen Dickie. „Ich komme!", bereitete ich sie nach 5 Minuten auf meinen Cumshot vor. Schnell zog sie meinen Penis aus ihrer Fotze und wichste ihn in senkrechter Stellung zu Ende. Mein Sperma kam herausgeschossen und landete auf ihren Brüsten und ihrem Bauch. Sie wichste sensationell, ihre kleinen Hände hielten meinen Zauberstab fest wie einen Hammer, optimal vom Griff her.

Die nächsten Nächte verbrachte ich ebenfalls bei Teresa. Es war sehr schön mit ihr. Der letzte Sex mit ihr war der Hammer! Sie blies mich so geil zum Orgasmus, dass ich so viel Sperma in ihren Mund schoss, dass ihr die Hälfte hinauslief und auf die Knie tropfte. Ich verabschiedete mich von der kleinen Maus mit den Worten „Bis bald mal wieder".

Mary, die Coole

Arbeitstrip nach Kopenhagen, 1 Woche Showvorbereitung stand auf dem Programm. Kopenhagen war Austragungsort einer großen dänischen TV-Show, internationale Superstars waren angekündigt, es sollte ein Megaspektakel werden. Wurde es. Auch für mich.

Bereits am ersten Arbeitstag fiel mir Mary auf, eine 18-jährige dänische Brünette, die als Backgroundtänzerin ihre Kohle verdiente. Ich beobachtete sie – sie gefiel mir: Mit Stöckel 1,75 m groß, lange, braune Haare, fast bis zum Po, supersexy Figur, ein Strahlen wie Julia Roberts, nach mir rufende Möpse. Für mich stand fest: Diese Zuckerwatte musste ich haben!

In der Pause suchte ich sie auf und sprach sie an. Sie konnte gut Deutsch und wir unterhielten uns nett ein paar Minuten, bis es weiterging. Mary war offen und zeigte Interesse an mir, daher fragte ich sie bei nächster Gelegenheit, ob sie am Abend schon etwas vorhabe. „Nein", antwortete sie, „hast Du einen Vorschlag?" „Du könntest mir ein bisschen Kopenhagen zeigen." Sie nickte. „Wann hast Du Zeit?" „Ab 18 Uhr." „Prima, ich warte auf Dich."

Schön, ein Date! Und so einfach ergattert. Ich freute mich auf den Abend und zog pünktlich mit Mary los. Kopenhagen ist nicht nur das kulturelle und wirtschaftliche Zentrum des Landes, sondern auch Sitz des Parlaments, der Regierung und des Königshauses. Gegründet 1167. Zurzeit etwa 610.000 Einwohner. Eine der teuersten Städte der Welt. Solche Fakten lernte ich von Mary, die sehr viel über ihre Stadt und ihr Land wusste.

Besonders schön ist die Hafengegend. Tolle Gebäude, schicke Bars und Restaurants liegen dort eng aneinander. Mary führte mich zu einem würzigen Spanier. Vorzüglich war alles, das Essen, das Ambiente, die Stimmung, auch die Konversation mit Mary. „Tanzen ist mein Leben. Ich habe schon in vielen nationalen Produktionen mitgewirkt, auch in internationalen, und will richtig Karriere machen. Und wenn ich irgendwann zu alt für die Tanzbühne bin, werde ich choreografieren."

Ich erzählte ihr von meinem Job als TV-Produzent und von meinem Traum, eines Tages Chef einer eigenen TV-Produktionsfirma zu sein. Nach dem 51,60-Euro-Essen, das ich zahlen durfte, ging es weiter. Wir schlenderten durch die Straßen und hielten an einem großen Haus. Mary öffnete die Tür und ging hinein. Wohin führte sie mich? Was hatte sie vor?

Hoch in den 6. Stock, dann öffnete sie erneut eine Tür – es war ihre Wohnungstür. „Das ist mein Reich!", präsentierte sie mir stolz. „Ich bin erst letzte Woche zu Hause ausgezogen, meine erste Bude!" Die beiden Zimmer waren schön eingerichtet. Ich sollte mich aufs Sofa setzen und bekam 1 Bier in die Hand gedrückt. Ich war gespannt, wie forsch sie rangehen würde, doch sie ließ sich Zeit. Smalltalk. Fotoshow. Sie zeigte mir auf dem Laptop Bilder ihres bisherigen Bühnenlebens. „Hier, das war eine Rock´n´Roll Show … das hier ist König der Löwen … und hier war ich Sarah in Tanz der Vampire".

Schöne Fotos, sie hatte echt schon viel erlebt und geleistet in ihren jungen Jahren. Plötzlich rutschte ein Foto auf den Schirm, das sie mir wohl so nicht zeigen wollte. Ein Oben-Ohne-Selfie. Schnell klickte sie weiter, doch meine Männlichkeit war geweckt. „Moment mal, was war das gerade für ein Bild?", fragte ich aufgeregt. „Zurück!" „Was meinst Du? Welches Bild?", staunte sie mich harmlos an. „Na, das Oben-Ohne-Bild." „Ach so", meinte sie, „das war eigentlich nicht für Dich gedacht, aber wenn Du es schon gesehen hast, dann spielt es ja keine Rolle mehr." Bereitwillig klickte sie zurück und ich sah ihre schönen Titties.

„Geil, verdammt sexy", lobte ich ihre dänischen Möpse und starrte weiter gebannt auf das Foto. Sie stand im Badezimmer vor dem Spiegel, Kamera in der linken Hand und drückte dabei auf den Auslöser. „Ich war einfach in der Laune, da habe ich …", erklärte sie.

„Du bist ein sehr schönes Mädchen", fuhr ich ihr ins Wort und blickte ihr tief in die Augen. Ich beugte mich zu ihr und küsste sie zärtlich auf den Mund. Sie ließ es sich gefallen und wehrte sich nicht. Gut. Also weiter. Ich küsste sie immer intensiver, bis sie mitknutschte und mir ihre Zunge tief in den Hals steckte.

„Ich dachte schon, Du unternimmst gar nichts mehr", hauchte Mary mir ins Ohr und zog mich ins Schlafzimmer. „Du hast mir doch absichtlich das Nacktbild von Dir untergejubelt, um mich geil zu machen, oder?" Mary grinste mich an, das war Antwort genug. Marys Körper war bildschön. Ihre Brüste standen jung und frisch, ihr Bauch war straff und gut trainiert, ebenso ihr Po.

Ihre Hände weihten mich nun ins Land der dänischen Zärtlichkeiten ein. Ich lag nackt auf dem Bett und genoss, wie sie vor mir kniete und meinen Penis steif wichste. Dann machte sie mit dem Mund weiter. Zärtlich blies sie mir einen. Zu zärtlich, ich spürte nur ganz sanft ihre Lippen, es war eindeutig zu wenig Druck dahinter, um mich zum Orgasmus zu bringen.

Trotzdem genoss ich ihre Mundarbeit und den Anblick ihres geilen Körpers. Endlich zog sie mir ein Kondom über und nahm auf mir Platz. Nun war schon für mehr Druck gesorgt, denn sie war schön eng und konnte zudem verdammt gut reiten. Rodeo-Style bevorzugte sie. Wild und leidenschaftlich sauste sie auf mir auf und ab und verwöhnte unsere beiden Körper einfach genial.

Jetzt ich. Ich wollte sie unbedingt Doggy nehmen, was sie mir genehmigte. Von hinten stieß ich hart zu und nagelte ihr die Pussy wund. 15 Minuten hielt ich durch, bis ich es kommen spürte. Gewaltig war mein Orgasmus, gewaltig war auch ihrer, den sie pünktlich zu meinem erlebte. „Cool, cool, cool!", stöhnte sie wild und zitterte am ganzen Arsch. Ich ließ von ihr ab und entsorgte mein gefülltes Kondom im Müll.

„Mein guter Ficker", lächelte sie mich an und schloss mich in ihre Arme. „Das war sehr guter Sex", freute sie sich. „Wenn Du willst, kannst Du über Nacht bleiben." Ich hatte zwar nichts bei mir, keine Zahnbürste, keinen Schlafanzug, keinen Rasierer, aber so ein Angebot konnte ich unmöglich ablehnen.

Wir schliefen nackt. Naja, von Schlafen konnte erst mal nicht die Rede sein, denn Mary fing nach kurzer Pause schon wieder an, an mir herumzuspielen. „Dein deutscher Schwanz gefällt mir", lächelte sie und nahm ihn in den Mund, doch leider saugte sie erneut mit viel zu wenig Druck. Ich spürte fast nichts außer etwas warmem Nassem. Ich hoffte auf Besserung, doch besser konnte sie es nicht.

„Mach´s doch auch mal mit der Hand", forderte ich sie zum Stellungswechsel auf. „Gerne", antwortete sie und legte sich neben mich. Ihre rechte Hand war deutlich besser als ihr Mund, der Grip enger und stärker, ihre Bewegungen zügig und Orgasmus förderlich. Während sie mir einen runterholte, küsste sie zärtlich meinen Oberkörper und Hals. Da bin ich sehr empfindlich. Zwischendurch wollte sie wieder mit dem Mund ran, aber ich hielt sie zurück und signalisierte ihr, dass sie so weitermachen soll.

Mein Blick fiel auf ihre blitzblanke, dänische Muschi, die mich anfunkelte, doch gerade, als ich meine Hand nach ihr ausstreckte und zur Tat schreiten wollte, wichste sie mich über die Kante und bescherte mir einen Hammerorgasmus. Sperma sauste heraus und spritzte über meinen Kopf an die Wand hinter mir. Die dritte Ladung spritzte nicht mehr so weit, nur noch in mein Gesicht, dann auf meine Brust, auf meinen Bauch, dann war es auch schon beendet.

„Cool, heftig!", grinste Mary zufrieden mit ihrer Leistung. „Spritzen alle deutschen Männer so krass wie Du?" „Weiß nicht", gab ich zurück, „aber das liegt auch an Dir, Du hast es super gemacht!" „Danke", freute sich die kleine Maus. „Dafür belohne ich Dich jetzt", kündigte ich ihr an. „Leg Dich hin."

Sie winkelte ihre Beine an und wartete darauf, von mir verwöhnt zu werden. Mit Hand oder Mund, überlegte ich. Na, mit beidem! Zuerst streichelten meine Hände ihren großen Kitzler, der dadurch noch größer wurde, dann spielte meine Zunge auf ihren Schamlippen die Tonleiter auf und ab. „Cool, cool, cool!", stöhnte sie wieder und räkelte sich sinnlich auf dem Bett. „Leck mich auch drinnen", wünschte sie sich von ganzem Herzen.

Warte ab, Mädel, dachte ich, wenn ich jetzt gleich mit meiner speziellen Leck-Technik loslege, dann drehst Du durch. Ich hatte Recht. Als ich meine Zunge 2 cm in ihre beheizte Röhre steckte, nach oben gegen die Scheidenwand drückte, kreisende Bewegungen ausführte und dabei ihre Klitoris mit meinen Fingern massierte, waren bei ihr alle Dämme gebrochen. Ich gab Gas und merkte, dass sie jeden Moment die Ziellinie überqueren wird.

„Cool!", stöhnte sie laut ab und ließ sich gehen. Sie zuckte wie ein Affe unter Strom, ihr Körper hob fast ab, sie erlebte Weihnachten und Ostern an einem Tag. Als sie fertig war und ich aufhören wollte, drängte sie mich dazu, weiterzumachen. „Ich will noch mal kommen, es ist so cool!" Gerne.

3 Minuten später erfüllte sie ihr Versprechen und bebte erneut zu einem scheppernden Orgasmus. Ihre Pussy war ohnehin schon wund vom Fick, jetzt war sie es erst recht. Erschöpft ließ sie sich fallen und küsste mich am Hals. „Das war hammercool!", lechzte sie mir ins Ohr, davon will ich morgen mehr. So schliefen wir ein.

Der nächste Tag verging schnell und sehnsüchtig. Mary und ich warfen uns immer wieder heiße Blicke zu und freuten uns auf den Sex am Abend. Nach erledigter Arbeit marschierten wir direkt zu ihr und legten los. Sie lag da mit angewinkelten Beinen und ich versuchte, die Schallmauer zu durchficken. Sehr animalisch ging es zur Sache, bis ich kam und laut stöhnend auf ihr zusammenbrach. Ich konnte mein Becken und meine Oberarme kaum noch spüren, so anstrengend war der Fick für mich gewesen. „Ich bin zweimal gekommen", stöhnte mich Mary erschöpft, aber glücklich an. Echt? Das hatte ich in der Aufregung gar nicht gemerkt.

Mein Bauch meldete sich zu Wort. Hunger! Ich trug Mary mein Bedürfnis vor, doch anstatt eine Kleinigkeit zu kochen, wollte sie schick ausgehen. Na gut, alright. Wir zogen uns an und ließen uns diesmal mexikanisch verwöhnen. Das Essen mundete meinem Magen, eine junge, hübsche Blondine am Nebentisch meinen Augen. Die kenne ich doch, dachte ich, und überlegte. Immer wieder blickte ich rüber und starrte sie an. Sie lächelte zurück. Wer war sie, verdammt noch mal?

Ich kam einfach nicht drauf. Mary flirtete am Tisch heftig mit mir und fußelte mir fast beide Beine weg. Am liebsten hätte sie mich wohl direkt auf dem Buffettisch genommen, aber das musste warten. Ich zahlte und wir verließen das Restaurant. Noch einmal drehte ich mich zur Blondine um und schenkte ihr mein verführerischstes Macholächeln, das sie mit einem geil machenden Grinsen quittierte. Mary war heiß auf mich und zog sich sofort aus, als wir in ihrer Wohnung angekommen waren.

Dann mich. „Komm, ich ficke Dich", stöhnte ich sie an und organisierte mir ein Kondom aus ihrer Schublade. Ihre haarfreie Muschi war bereit und willig, meinen Penis komplett aufzunehmen.

In der schönen Missionarsstellung nagelte ich sie wieder verdammt hart, bis ich meinen Orgasmus anrollen spürte. Ich zog schnell meinen Schwanz aus der Tropfsteinhöhle und riss mir den Kautschukregenmantel herunter, dann kam es mir auch schon. Mary griff nach meinem Penis und wichste fleißig mein Sperma auf ihren Körper. Die ersten Spritzer waren mächtig und prallten an der Wand ab, die nächsten landeten in ihrem Gesicht, dann weiter auf ihre Brüste und ihren Bauch. Mary wichste verdammt gut.

Nun durfte auch sie nicht zu kurz kommen. Ich befahl ihr, sich auf den Bauch zu legen und ihre Beine weit zu spreizen. Zärtlich begann ich, ihre Füße zu lecken und nahm jeden ihrer Zehen einzeln in den Mund. Dann arbeitete ich mich hoch, über ihre Waden, die Rückseite der Oberschenkel bis hin zum Feuchtgebiet. Nach ein paar zarten Küssen und Beißspielchen war nun ihre saftige Pussy dran. Von hinten leckte ich sie und tauchte mit meiner Zunge tief in ihren Spalt ein. Meine edle Nase schloss dabei Bekanntschaft mit ihrem Anus, der überraschend gut duftete.

Mary zuckte und stöhnte wild, als ich meine Twister-Technik einsetzte und sie innerhalb von wenigen Minuten mit dem Orgasmus erlöste. Dabei bebte ihr Becken, sie drückte mir den Po nun voll ins Gesicht, die Hälfte meiner Nase befand sich nun in ihrem Hintern. Da roch es schon intensiver. Schnell wieder raus! Dankbar umarmte sie mich mit ihrem „Cool, cool, cool!"-Slogan und knutschte mir das Schmalz aus dem Hirn.

Wir sahen etwas fern, bevor wir in Ruhe einschliefen. Am nächsten Morgen auf dem Weg zur Arbeit musste ich immer an eines denken: an die hübsche Blondine vom Restaurant. Wer war sie, verdammt noch mal? Eine Stunde später, die Proben liefen auf Hochtouren, wusste ich die Antwort: Sie war eine Tänzerin des Haupt-Showacts. Da war sie wieder! Ich sah sie auf der Bühne tanzen, singen und strahlen. Wow! Ich musste mit ihr ins Gespräch kommen.

Mary Pt. II & Iris, die Tanzmaus

Am späten Nachmittag konnte ich ihre Bekanntschaft machen. Ich suchte sie und fand sie im Backstage-Bereich mit einer Zigarette in der Hand. „Hey, hier ist Rauchen verboten!", rief ich ihr mit einem zwinkernden Auge zu. Sie blickte auf, erkannte mich sofort und strahlte zurück: „Ach, Du bist das! Gestern im Restaurant. Ich habe mich den ganzen Abend und die liebe, lange Nacht gefragt, woher ich Dich kenne, jetzt weiß ich es." „Dito", antwortete ich. „Wie geht es Dir?" „Danke, gut, und Dir?" „Mir auch, jetzt, wo ich Dich wiedergefunden habe."

Ich erfuhr mehr von ihr: Iris war ihr Name, auch 18 Jahre jung, Profitänzerin aus Hamburg. „Ist schon fett, bei so einem geilen Spektakel dabei zu sein", konnte sie ihr Glück kaum fassen, „das ist die größte Produktion für mich bisher." Ich lobte sie und versprach ihr eine tolle Karriere: „Du bist jung, hübsch und tanzt toll. Und Du hast einen unglaublichen Sexappeal, den musst Du nutzen. Glaube mir, so kannst Du es zum Star schaffen."

„Heißt das, dass ich mit allen Produzenten in die Kiste muss, um Erfolg zu haben?", fragte sie kritisch. „Nein, nur mit mir", schoss ich frech zurück. Wir lachten. „Hey, keine Sorge, war nur ein Scherz", verharmloste ich meine Intention, woraufhin sie nur kurz meinte: „Schade." „Wie bitte?", fragte ich nach. „Was hast Du gesagt?" „Ach, nichts", lächelte sie verlegen und sah zu Boden, „vergiss es." Weitere Versuche von mir, sie ihr sündiges Geständnis wiederholen zu lassen, blieben erfolglos.

Was nun, fragte ich mich. Will sie mich oder will sie mich nicht? Mary hatte ich sicher, aber diese Iris reizte mich ungemein. Ich beschloss, aufs Ganze zu gehen. „Sag mal, hast Du heute Abend schon etwas vor?"

„Why?" „Einfach so", antwortete ich, „wir könnten zusammen etwas unternehmen, etwas essen oder trinken gehen oder so." „Solange Du nicht ehrlich sagst, was Du heute Abend genau mit mir vorhast, erhältst Du keine Antwort", grinste sie mich an. „Wie meinst Du das?", fragte ich nach. „Komm schon, etwas essen oder trinken willst Du mit mir sicher nicht, oder?

Sei ehrlich, was willst Du mit mir machen?" Gut, wenn sie es so direkt will: „Ficken." „Na bitte, geht doch", lächelte sie schelmisch, „dann sag es doch gleich und mach keine 5 Bogen mit Kurven." „Wie lautet Deine Antwort?" Die war kurz und knapp: „Let´s go!"

Moment Mal, so schnell geht das nicht. Was soll ich mit Mary machen? Absagen, ganz einfach. „Wir treffen uns in 20 Minuten draußen, einverstanden?", schlug ich Iris vor, die ihren Segen dazu gab: „Gut, dann kann ich ja noch eine rauchen." Ich rannte wie ein Verrückter durch die Halle und suchte Mary, die ich schließlich nahe der Umkleidekabine fand. „Du, ich kann heute Abend leider nicht", erklärte ich ihr, „ich habe noch einen wichtigen Termin." Traurig nickte sie und drückte mich. „Morgen wieder", beruhigte ich sie und versprach ihr tollen Sex, was ihr Gesicht wieder aufhellen ließ. Gut, das war erledigt, schnell zu Iris.

Iris war fertig und gehbereit. „Zu mir oder zu Dir?" „Zu Dir", antwortete sie und folgte mir in mein Hotel. Angekommen im Zimmer, bat ich sie um eine kleine Dusche. „Ich hüpfe noch schnell unter die Brause, dann bin ich bei Dir, Roger?" „Du, ich bin auch verschwitzt vom Tanzen. Hast Du was dagegen, wenn ich mitkomme?" „Ganz im Gegenteil", strahlte ich und zeigte auf die Badezimmertür. „Ladies first", spielte ich den Butler von England und ließ sie eintreten. Iris zog sich ihren Tanzpulli und ihr Top aus, zum Vorschein kam ein rosefarbener Sport-BH. Auch der fiel.

Sensationelle Brüste hatte die Iris, Gott persönlich hatte dieses Paar wohl gemeißelt. Nun war ihre Jogginghose dran, zum Vorschein kam ein rosefarbener String-Tanga. Auch der fiel. Was für eine niedliche Pussy! Ein kleines, rundes Büschel brauner Schamhaare bedeckte ihre Klitoris, sonst war alles kahl rasiert. Wie süß!

Hopps, stand sie schon unter der Dusche und genoss das frische Nass. Ich stand da und staunte. „Los, komm schon", rief sie mir freudig entgegen und warf mir einen vielsagenden Blick zu. In Sekundenschnelle war ich nackig und stand neben ihr unter der Brause. Doch geduscht wurde kaum, es wurde geknutscht.

Iris war sehr geil auf mich und legte los wie die Polizei. Körperinspektion. Ihre Hände waren überall. Ich konnte kaum folgen, das Tempo, das sie ging, war oberaffengeil. Knutschen, streicheln, Penis stimulieren, Körper an Körper reiben, Brustwarzen saugen. Ich musste mich zusammenreißen, um nicht gleich vor Lust ohnmächtig zu werden. Also machte ich mit. Ich knetete ihre schönen Körbe und machte erste Bekanntschaft mit ihrem Venushügel.

Abtrocknen, eincremen, Sex – das waren die nächsten Punkte, die auf dem Programm standen. Die ersten waren unspektakulär, aber was dann folgte, war der absolute Wahnsinn. Iris war im Bett eine volle Granate. Sie dominierte mich nach allen Regeln der Fickkunst. Reiten in allen Variationen und Stellungen, dazu kannte sie Tricks, ihre Muschi immer wieder ruckartig zu verengen und mich bis zum Limit zu reizen.

Wenige Sekunden später explodierte ich und erlebte einen der bis dato heftigsten Orgasmen, die ich je hatte. Ich kam und stöhnte wie ein Wahnsinniger. Mein Körper zuckte irre herum und warf Iris fast von mir herunter, doch die ließ sich nicht beirren und ritt wie in Trance weiter und weiter, bis ich mich erschöpft fallen ließ und ausruhte. Ich bekam gar nicht mit, dass sie kurz nach mir ihren Orgasmus erlebte, zu fertig war ich. Es war der Ritt des Jahrtausends!

Glücklich nahm ich die kleine Maus in meine Arme und lobte sie für ihre Glanzleistung. „Und, machst Du mich jetzt berühmt?", fragte sie mich mit glänzenden Augen. „Ich werde es versuchen", versprach ich ihr und schlief wenig später glücklich mit ihr ein. Am nächsten Morgen wurde ich mit ihrer Muschi in meinem Gesicht wach. Zuerst erschrak ich, dann kapierte ich: Sie war gerade dabei, mir einen zu blasen. In der 69er-Position war sie auf mir drauf und stimulierte meinen müden, aber interessierten Helden mit ihren sanften Lippen. Das gefiel mir.

Ihre Pussy hing in meinem Gesicht und wollte geleckt werden. Bitteschön! Zärtlich fing ich an, ihre Schamlippen zu säubern und widmete mich dann ihrem Lustknopf. Iris stöhnte laut auf, als ich ihre Klitoris berührte und daran spielte. Schließlich leckte ich sie immer wilder, bis sie kreischend ihren Höhepunkt erreichte.

Just in dem Moment überschritt auch ich das letzte Hindernis und spritzte meine Ladung ab. Als es vorbei war, drehte sich Iris zu mir um: Ihr ganzes Gesicht voll von meinem Sperma. Wie süß! Sie sah so engellike, so mädchenhaft, so sündig aus. Von dieser tollen Schlampe musste ich mehr haben! Wir verabredeten uns für den späteren Abend und ich verließ schnell das Hotel, um meinen Probenzeitplan einzuhalten.

Die Proben liefen gut, die Zeit verging wie im Flug und schon bald war es Abend. Mein Plan war, den frühen Abend mit Mary zu genießen, den späten dann mit Iris. Zum Glück spielten beide Frau mit. Mit Mary verschwand ich unauffällig gegen 18 Uhr, doch Lust auf Essen hatte ich nicht. Ich hatte Lust auf Sex. Also schnell zu ihr.

Mary zögerte keine Sekunde und nahm meinen Dong gierig und ohne Vorspiel in ihren Mund. Nun begann sie wieder so komisch zu blasen, dass sich bei mir kaum etwas tat. Iris konnte viel besser blasen. Ich aktivierte Plan B und übernahm die Initiative. Mary sollte sich aufs Bett legen und entspannen. Ich leckte ihre saftige Pussy zum Orgasmus, dann fickte ich sie Doggy Style, so lange, bis ich kam. Das reichte mir dann auch. Ich erzählte ihr von einem wichtigen Geschäftsessen und dass ich leider weg muss. Sie verstand es und küsste mich zum Abschied auf den Mund.

Dieser Mund küsste 20 Minuten später die süße Iris. In Hot Pants und hautengem T-Shirt verführte sie mich. Ein Strip, ein Lick, ein Fick. Sie strippte göttlich, ich leckte sie zu 2 Orgasme, dann fickte sie mich in der Reiterstellung bis zum spritzigen Ende. Kurz vor dem Einschlafen bat ich sie, mir noch eine Massage zu geben, was sie bereitwillig tat. Soft cremte sie mich von oben bis unten ein und kümmerte sich in letzter Instanz um meinen Long Dong, den sie mit einem happy ending erlöste.

Iris wichste so gut, dass mein Sperma in hohem Bogen herausgeschossen kam und sich auf dem Bett verteilte. „Wow", grinste sie voller Freude und war von ihrer erotischen Wirkung und Leistung sehr überzeugt. Die letzten beiden Tage in Kopenhagen waren anstrengend, es wurde hektisch, da die Generalprobe nicht optimal lief.

Zeit für Überstunden. Schließlich ging das Berufliche vor. Ich sagte beiden Mädels für den Abend ab und verblieb bis 2 Uhr nachts mit dem Team in der Halle, um sämtliche Lichteinstellungen neu zu belegen.

Sonntag war Showtag. Gott sei Dank funktionierte alles so, wie es sein sollte, und um 23 Uhr lagen sich alle beteiligten Verantwortlichen und Künstler glücklich in den Armen. Ich hatte noch 1 Übernachtung in Kopenhagen und konnte mich nur für einen scharfen Zahn entscheiden.

Die letzte Nacht gehörte Iris. Mary dankte ich für die schöne Zeit und vergaß sie. Iris schenkte mir zum Abschluss Ficken im Stehen und am nächsten Morgen einen Abschieds-Blowjob vom Allerfeinsten. Ich versprach ihr, mich für sie einzusetzen und sie weiterzuempfehlen. Wir tauschten unsere Kontaktdaten und ich flog zurück nach München.

Carmen, die Gepiercte

Mittagspause. Ich saß im Burger King und aß meinen Cheese-burger, da kam ein Mädel zu mir an den Tisch. „Darf ich mich zu Dir setzen?", fragte sie niedlich. „Klar", antwortete ich und nahm meine Jacke vom Stuhl. Sie trug einen Rock, ein knalliges Top und war auf Rollerblades unterwegs.

Sie nahm Platz und schaute mich mit ihren großen, haselnussbraunen Augen an. „Danke, ist voll süß von Dir", flirtete sie und machte sich über ihre Pommes und die Chicken Nuggets her. „Bist Du öfter hier? Ich habe Dich hier noch nie gesehen." „Ab und zu mal, nicht regelmäßig", antwortete ich. „Und Du?" „Fast täglich sogar. Ich arbeite ein paar Straßen weiter in einem Tattooladen, bin Ende 18, wenig Kohle, da ist Burger King das Praktischste."

Sie musterte mich. „Du siehst gut aus." „Du auch." Ich betrachtete sie genauer: Sie war echt süß. Ihre kurzen, blonden Haare waren etwas gewöhnungsbedürftig, aber sie hatte ein sehr schönes Gesicht. Auf ihrem rechten Arm ein Tattoo, ein rotes Herz mit den Initialen A.S. Diese standen für ihren Ex, wie ich später erfuhr. Sie hatte eine helle Hautfarbe, fast blass. Ihre Beine waren mädchenhaft, genau wie sie.

„Bist Du morgen auch wieder hier?", fragte sie neugierig. „Dann könnten wir uns ja zum Essen treffen." „Passt. Selbe Uhrzeit?" „Jep", sagte sie happy. „Dann bis morgen, Ciao." Sie schwang ihre Hüften und düste auf ihren Blades davon.

Am nächsten Tag trafen wir uns wie verabredet zum Essen. Sie hatte denselben Rock, aber ein anderes Top an, mit der legendären Rolling-Stones-Zunge drauf. „Na, wie geht´s Dir?", begrüßte sie mich. „Gut, und Dir?", fragte ich zurück. „Supi, ich habe heute gute Laune, das liegt an Dir." „Wieso?", wollte ich wissen. „Ich habe mich schon den ganzen Vormittag auf das Treffen mit Dir gefreut."

Wir aßen Burger und unterhielten uns über die Welt. „Gefalle ich Dir?", fragte sie mich plötzlich aus heiterem Himmel. „Ja, Du bist ein süßes Mädel", antwortete ich. Dann stellte sie mir die Frage, die meinen Tag sehr veränderte:

„Könntest Du Dir vorstellen, mit mir Sex zu haben?" „Ja, könnte ich", schoss es aus mir heraus. „Geil", lächelte sie. „Heute?" Ich überlegte kurz. Am Abend war ich mit Andrea zum Essen bei Freunden eingeladen. „Von 16 bis 18 Uhr hätte ich Zeit." „Supi, ich habe ab 15:30 Uhr frei, dann komm einfach zu mir und wir vergnügen uns." Sie gab mir ihre Adresse und verabschiedete sich mit den Worten „Ciao, Süßer, bis später".

Wie einfach war das denn, dachte ich. Das gibt's doch nicht. So ein Luder, so ein geiles. Ich verließ um 15:40 Uhr das Büro. Andrea sagte ich, ich würde um 19 Uhr zu Hause sein, sodass wir um 20 Uhr bei unseren Freunden sein konnten.

Die Carmen erwartete mich mit einem breiten Grinsen. „Komm rein und mach's Dir gemütlich", säuselte sie. „Das ist meine Bude." Stolz präsentierte sie mir ihr kleines WG-Zimmer im Herzen Münchens. Sie hatte viele Poster an der Wand, Ozzy Osbourne, AC/DC, Rolling Stones, Marilyn Manson und einiges in dieser Richtung.

Sie kam auf mich zu, küsste mich auf den Mund und meinte trocken: „Los, lass uns ficken." Ohne große Gefühle zogen wir uns aus und fingen an zu rammeln. Sie wollte es hart und tief. Über ihrer rasierten Pussy war ein Teufelsgesicht eintätowiert, auf ihrer rechten Brust ein weinendes Auge. Sie hatte 3 Intim-Piercings, kleine Ringe, die an der Vorhaut ihrer Klitoris hingen.

„Besorg's mir!", stöhnte sie. „Fick mich, ja, fick mich!" Ich gab mein Bestes. Sie fühlte sich gut an, eng und warm, allerdings törnte mich ihr Verhalten immer mehr ab. „Los, weiter! Schneller! Härter! Tiefer! Knall mich! Press mich! Stoß mich!", bekam ich pausenlos zu hören.

Ich war froh, als ich kam und dieses Kommandieren ein Ende hatte. „Bist Du immer so still beim Sex? Hat es Dir nicht gefallen?", fragte sie mich. „Alles gut, war schön", sagte ich. „Aber Du hast gar nicht gequatscht beim Ficken", meckerte sie. „Die Typen, mit denen ich poppe, labern mich voll, Dirty Talk, darauf stehe ich." „Ich nicht", gab ich trocken zurück. Ich lag da und dachte unzufrieden nach. „Ich muss dann weg", meinte ich knapp und griff nach meinen Klamotten. „Wenn Du möchtest, blas ich Dir noch einen", lockte Carmen.

Vielleicht ist das ja geiler als der Fick, dachte ich und willigte ein. Da sieht man mal wieder, wie schwach ein Mann ist. Die Zweifel waren auf einmal verflogen und ich konnte es kaum erwarten, von ihr oral befriedigt zu werden.

Carmen hatte 3 Zungen- und 2 Lippen-Piercings, die sie aber nicht daran hinderten, mir einen Blowjob der Güteklasse 1A zu geben. Sie stimulierte meinen Schwanz nach allen Regeln der Kunst, bis ich bebend zum Höhepunkt kam. Sie wichste alles in ihr Gesicht. Mein Sperma klebte an ihren Augen, an ihrer Nase, ihren Lippen, Wangen und in ihren Haaren. Aber das störte sie überhaupt nicht.

„Mann, war das geil!", stöhnte ich. „Ich mache das auch voll gern", lechzte Carmen. „Du hast echt noch eine ordentliche Ladung drauf, dafür, dass Du vor einer halben Stunde schon gekommen bist." Dieser Blowjob entschädigte für den seltsamen Fick, doch wiedersehen wollte ich Carmen nicht. Wir klärten die Situation und gingen getrennte Wege. Ich fuhr nach Hause, nahm Andrea in den Arm und küsste sie leidenschaftlich.

Der Abend bei unseren Freunden war schön, es gab gutes Essen und wir unterhielten uns prima. Wieder zu Hause, verführte mich Andrea mit einer heißen Massage und wir hatten tollen Sex. Müde und glücklich schliefen wir Arm in Arm ein.

Cathy, die Lesbe

Ich bin ein offener Mensch. Sexuell sowieso. Immer auf der Suche nach dem ultimativen Kick & Fick. Für meine Frau Andrea hatte ich längst den Womanizer Pro entdeckt, und sie liebt diesen Super-Vibrator fast genau so sehr wie mich. Wir bauen das Teil oft in unser Liebesspiel mit ein, Andrea kommt mit ihm immer zu mehreren Orgasmen. Ich weiß, dass sie auch alleine sich gerne mit dem Womanizer vergnügt, aber der Spaß sei ihr gegönnt.

Eines Abends fragte mich Andrea nach schönem Ehe-Sex, ob ich nicht auch mal ein Sex Toy möchte. „Du, Schatz, für Männer gibt es doch auch ganz viel Spielzeug für den Penis. Pumpen, Vibratoren und so. Magst Du Dir nicht auch irgendetwas anschaffen, was so gut ist wie mein Womanizer?" Hm, ein interessanter Ansatz, den meine Frau mir da anbot.

„Schon", summte ich zurück, „aber ich habe so etwas noch nie ausprobiert." „Na, dann wird es höchste Zeit", grinste sie und holte ihren Laptop hervor. „Hier, schau mal", zeigte sie mir die Webseite eines Erotik-Online-Handels. Wir blätterten durch die Angebote, doch entscheiden konnte ich mich nicht.

„Weißt Du was: Ich gehe in einen Sex-Shop und lasse mich beraten. Dort kann ich die Dinger in die Hand nehmen, anschalten und der Verkäuferin alle Fragen stellen. Dann werde ich mich für das Toy entscheiden, das mir am besten gefällt."

„Gute Idee, mein Schatz", lobte mich meine Frau und küsste mich Gute Nacht. Ein paar Tage später fuhr ich nach der Arbeit in den nächstgelegenen Münchener Sex-Shop und schaute mich erstmal vorsichtig um. „Hallo, kann ich Ihnen helfen?", flötete mich eine sehr erotische Stimme von hinten an. Ich drehte mich um und blickte eine wunderschöne, junge Frau an. „Ich bin Cathy, ich arbeite hier", stellte sie sich mir vor und wartete meine Reaktion ab.

„Hallo", grüßte ich freundlich zurück und erklärte Cathy mein Bedürfnis: „Ich suche nach einem echt guten Sex Toy für mich. Ich habe meiner Frau vor einiger Zeit den Womanizer Pro besorgt – er ist fantastisch! Meine Frau liebt ihn.

Jetzt meinte sie, ich soll doch auch ein gutes Teil für mich kaufen, das wir dann ins Liebesspiel einbeziehen können." „Ja, der Womanizer ist echt der Hammer", grinste mich Cathy verdorben an, „etwas Besseres gibt es nicht für die Frau. Orgasmus-Garantie." „Gibt es so etwas auch für mich?", fragte ich neugierig. „Klar, es gibt viele verschiedene Love Toys für Dich und Deinen Penis", grinste sie mich an und präsentierte mir die absolute Weltneuheit: Den Satisfyer für den Mann. Ich staunte.

„Der wird vom Porno-Star Rocco Siffredi empfohlen", hielt sie mir die schwarz-blaue Röhre vor die Nase. „Ist neu auf dem Markt, aber der absolute Wahnsinn, was die Männer darüber berichten. Ist eine Mischung aus einem perfekten Blowjob und Geschlechtsverkehr."

Sie öffnete das Teil und ich durfte in den glitschigen Silikon-Inhalt hineinschauen. „Hm, dieser Teil soll den perfekten Blowjob schaffen?", runzelte ich die Stirn. „Ich dachte eher an ein Teil, das mit Vibration arbeitet oder pulsiert. Blowjobs sollen Frauen geben, das können die besser als so ein Gerät." Cathy grinste. Ihre langen, schwarzen Haare waren frisch gewaschen und dufteten nach Rose. Ihre Augen strahlten, ihre Lippen versprachen viel. Und diese Figur!

Während ich mir ihren Mund an meinem Penis vorstellte, holte sie das nächste Gerät, eine vibrierende Röhre. „Das ist der Lusttunnel Alpha, da steckst Du ihn rein und dann beginnt das Gerät zu vibrieren. 10 Stufen, unterschiedliche Modi, top Qualität und soll heftige Orgasmen bringen." Ich nahm das Teil in die Hände und durfte sogar die Vibrationen starten, die schon von außen fühlend sehr stark waren. So ging es weiter.

Cathy stellte mir weitere 4 Geräte vor, währenddessen netter und offener Smalltalk. Da ich der einzige Gast war, hatte sie Zeit und widmete sich ganz meinen Bedürfnissen. Nach 20 Minuten wusste sie alles über mich: Meine Penisgröße, Umfang und Länge, meine Lieblings-Sex-Praktiken & -Stellungen, meine Leidenschaft für Frauen und meine offene Einstellung für Spaß im Bett, auch außerehelich.

Cathy und ich verstanden uns sehr gut, die Berührungen häuften sich und der Blickkontakt wurde schärfer. Ja, wir flirteten. Ich wusste, hier ist mehr möglich.

Also ging ich in die Offensive: „Du, das sind alles superspannende Teile, aber wie soll ich wissen, wie gut die Dinger wirklich sind? Die sollte man irgendwie ausprobieren können, bevor man sie kauft. Kosten ja nicht wenig."

Cathy lachte mich an, schaute mir tief in die Augen und meinte dann: „Du weißt, das das hier nicht geht. Aber wenn Du Lust und gleich noch Zeit hast, können wir gerne zu mir und dort kannst Du ein bisschen ausprobieren, im privaten Rahmen, wenn Du verstehst. Ich habe in 20 Minuten Feierabend. Und zu Hause habe ich ein paar von denen als Testmodelle. Was meinst Du?"

Meine Antwort: „Gerne, geile Sache!" Ich schickte der Andrea eine WhatsApp, dass es später werden würde und ein Geschäftsessen dazwischen gekommen sei, und machte mich, wie ich später erfuhr, mit der süßen 18-jährigen Tochter des Laden-Besitzers auf den Weg in ihre Einliegerwohnung ihres Elternhauses, nur 5 Minuten vom Shop entfernt.

Ich durfte es mir gemütlich machen und zischte Bier, während sie kurz duschte und dann in einem hautengen T-Shirt und einer Hot Pants auf mich zu stolzierte. „Ich gehe auch noch schnell duschen", stöhnte ich und verschwand. Mit Handtuch bekleidet kam ich zurück. „So, dann wollen wir mal", lächelte die 1,70-m-Große und schickte mich aufs Bett, während sie das Licht ein wenig abdunkelte.

„Mach Dich frei." Ich löste das Handtuch und offenbarte ihr meine ganze Schönheit. „Ein schöner Schwanz", kam zurück. Sanft streichelte sie mit ihrer Hand meine Brust hinunter, bis sie ihn kurz in der Hand hatte. Blitzschnell wurde er steif.

Cathy holte aus dem Schrank tatsächlich besagten Satisfyer. „So, den testen wir jetzt." Mit Gleitgel schmierte sie meinen Dick und die Öffnung des Gerätes ein und zog mir dieses sanft über mein vollsteifes Glied. Es fühlte sich echt seltsam an. Glitschig und etwas kühl. Der Satisfyer ist ohne Vibration, man muss ihn auf und ab bewegen. Das tat Cathy für mich.

Ich lag da und genoss. Cathy hatte großen Spaß in dem, was sie tat. Sie blickvögelte mich und beobachtete meine Erregung. Hey, das Teil ist der Burner! „Wahnsinn, jetzt fühlt es sich richtig gut an", lächelte ich, „tatsächlich wie ein Blowjob."

Cathy freute dies und sie schob den Satisfyer hoch und runter. „Stopp, sonst komme ich", rief ich nach 4 Minuten, aber Cathy meinte nur „Das sollst Du ja auch" und machte weiter. Ich kam. Ich kam heftig. Ladung für Ladung schoss ich ins Silikon und genoss dabei Cathys bildhübschen Anblick: Ihre harten Brustwarzen und den dunklen Schamhaarstrich, den ich durch den hellweißen Slip hindurch klar erkennen konnte.

„Und, wie war´s?", wollte die Neugierige wissen. „Echt super, muss ich zugeben." „So, das Teil muss natürlich jetzt gut gereinigt werden", flötete sie und verschwand kurz im Badezimmer damit. Dann kam sie wieder und legte sich neben mich, ihr Kopf auf meine Schulter, eingedreht in meine Brust.

Ich ließ es mir gefallen und streichelte ihre Haare und ihren Oberarm. So lagen wir 5 Minuten da, wie ein Paar, bis ich mutiger wurde und ihr unter ihr T-Shirt fahren wollte. „Na, na", warnte sie mich, „davon war keine Rede." Ich zog zurück und entschuldigte mich. Alles wieder gut. Cathy mochte mich, das spürte ich, sie ließ mich aber nicht weiter ran. Egal. Einen Orgasmus hatte ich ja bekommen von ihr, zwar nicht direkt von ihr, aber von einer von ihren Händen geführten Maschine.

Wir plauderten über Sex und sie erzählte mir, dass sie aktuell Single sei und aus einer 2-jährigen Beziehung komme. Seitdem habe sie einiges am Laufen, aber nichts Festes. „Hast Du Lust, noch ein anderes Gerät zu testen?", fragte sie mich. „Ich habe auch den vibrierenden Lusttunnel Alpha da." „Ja, klar, immer", antwortete ich und freute mich auf Runde 2. Wieder Gleitgel. Diesmal spielte Cathy meinen Schwanz etwas länger steif, sie streichelte ihn etwa 2 Minuten ganz langsam und zart, bis er vollsteif war.

Cathys Hände fühlten sich mega an an meiner Banane, doch wieder sollte die Technik siegen. Schwupps, war er drinnen. Dieses Gerät fühlte sich enger an, geil. Stufe 1 der Vibration konnte ich nicht so doll spüren, aber Stufe 2 ging schon ab. Dieses Ding vibrierte und pulsierte meinen Dick echt gut, so kann es keine Frau. Nicht mit Hand, nicht mit Mund, nicht mit Scheide, nicht mit Anus. Stufen 3 und 4 waren noch geiler. Dieses Gerät musste nicht hin und her bewegt werden. Cathy konzentrierte sich auf mich und fixierte mich mit ihrem Blick.

Als nach wenigen Minuten Stufe 5 aktiviert wurde, aktivierte dies meinen Höhepunkt. Heftig zuckend schoss ich zum zweiten Mal an diesem Abend meinen Erstsamen heraus und vibrierte noch 1 Minute nach, mein ganzer Körper zitterte.

„Das war geil, besser als der Satisfyer. Genau so ein Teil hatte ich mir vorgestellt", grinste ich. Cathy war glücklich und säuberte den Lusttunnel professionell im Bad. Danach legte sie sich zu mir und kuschelte sich in mich hinein. Ich versuche mein Glück erneut, und diesmal durfte ich ihre Titten streicheln. Die fühlten sich geil an. Cathy schnurrte wie eine Katze und streichelte ihrerseits meine Brust, meinen Bauch und immer wieder über meinen schlaffen, aber glücklichen Penis und meine wohlgeformten Hoden.

Wie gerne hätte ich noch einen dritten Orgasmus mit ihr erlebt, aber es wurde Zeit, mich auf den Heimweg zu machen. Man soll sein Glück ja nicht überstrapazieren. Cathy verstand und ließ mich ziehen. Andrea erzählte ich, dass ich kurz im Sex-Shop war und dass mir der Lusttunnel Alpha gut gefiel, ich mich aber noch nicht zum Kauf entschieden habe. 159 Euro sind ja keine Kleinigkeit.

2 Tage später schickte mir Cathy eine WhatsApp, wir hatten unsere Nummern getauscht, und schrieb mir, dass sie einen neuen Penis-Vibrator erhalten habe. Diesen könnte ich gerne wieder bei ihr in einer Privatvorstellung testen. Ich richtete mir den Zeitraum ein und freute mich, Cathy wiederzusehen.

Cathy öffnete mir in einem Hauch von nichts und hieß mich herzlich willkommen in der „Lustspielhölle". Oh Mann, was hatte sie mit mir vor? Nach kurzem Smalltalk und meiner Dusche erwartete sie mich auf dem Bett. Ich legte mich hin und genoss, wie das Sex-Shop-Luder meinen Penis sanft streichelte, bis er hart wie ein Rohr war. Dann streifte sie sich ihre Restklamotten ab und präsentierte mir ihren göttlichen Körper.

Ein Traum! Ihre Pussy war so süß, ihr Arsch genauso. „Das ist der Twister, ein Vorhaut-Vibrator", erklärte sie mir und stöpselte dieses rote, runde Ding halb über meinen Penis. Dann ging es auch schon los mit den Vibrationen. Es fühlte sich gut an. Cathy hatte sichtlich Spaß dabei, mich zu befriedigen. Ihre Augen funkelten.

Ich durfte wieder ihre Brüste streicheln, aber ihre Pussy war nach wie vor tabu für mich, ihre Hand war immer schnelle als meine. Der Twister twisterte gut, doch nur die Vorhaut ist nicht mein Ding. Ich will den ganzen Schwanz bearbeitet haben. „Du, hast Du noch etwas anderes da?", fragte ich sie daher ungeduldig.

„Ja, aber das Teil ist echt brutal", grinste sie und holte einen schwarzen, großen Pulsator hervor. „Der Twin Charger", hielt sie ihn mir hin. „Ziemlich massiv und schwer", antwortete ich. „Warte ab, der wird es Dir so richtig besorgen", schnalzte sie und ummantelte meinen Penis mit diesem Ding. Ein Gummiring drum herum sicherte meinen engen Peniskontakt mit der Masse.

Langsam startete das Gerät und es fühlte sich einfach geil an. Cathy stellte den Regler alle 20 Sekunden ein Stück höher, bis mein Penis ziemlich stark pulsiert wurde. Ich hielt es nicht mehr länger aus und kam: Mein Sperma floss aus meinem ejakulierenden Glied nur so heraus, so etwas hatte ich noch nie gesehen. Ich wurde richtig gemolken. Normalerweise spritzt es bei mir in 8 bis 12 Zügen heraus, aber dass es herausläuft, das war neu für mich.

Cathy drehte langsam die Pulsationen herab und legte sich wie immer in meine Brust. „Puh", stöhnte ich aus, „das war genial, besser als der Lusttunnel Alpha und der Satisfyer zusammen." „Ja, das Teil ist echt brutal", lächelte die Schwarzhaarige und küsste meine linke Brust. Nach 5 Minuten Ruhe fragte ich sie: „Warum eigentlich darf ich Dich nicht richtig berühren?"

Cathy drehte sich zu mir um und erwiderte: „Weil ich lesbisch bin. Ich stehe auf Frauen, nicht auf Männer." Das war ein Schock. „Und warum machst Du das hier mit mir?" „Weil ich Dich supersympathisch finde und mich zu Dir hingezogen fühle, aber mehr als enge Freundin, nicht als Sex-Partnerin." Ich schluckte tief.

So etwas war mir noch nie passiert. Eine bildhübsche Frau in meinem Arm, die überzeugte Pussy-Leckerin ist und Schwänze überhaupt nicht mag. Die ich nicht mal küssen oder ficken darf. Ich überlegte. „Macht das dann eigentlich Sinn, hier noch weiter zu machen?", fragte ich ernst in die Runde.

„Warum denn nicht?", fragte sie ernst zurück. „Weil ich so ein Verhältnis nicht gewohnt bin." „Also ich finde es schön mit Dir. Lass uns das doch so genießen. Was spricht dagegen?" Sie hatte Recht, dagegen sprach eigentlich nichts.

„Na gut", antwortete ich friedlich, „aber ich würde mich schon gerne revanchieren und Dich mal lecken zumindest oder fingern. Ficken muss ja nicht sein, wenn Du das nicht magst, aber Dir einen Orgasmus schenken, das wäre schon fair, denke ich." Sie überlegte. „Na gut, Du darfst mich fingern", willigte sie ein.

Ich fingerte los. Ohne leckende Mundküsse. So bearbeitete ich ihre Pussy, bis sie nach 5 Minuten zu ihrem Orgasmus kam. Dann sollte ich nochmal ein Gerät testen, aber ich entschied mich erneut für den Twin Charger, der so gut war. Diesmal drehte Cathy die Maschine höher, mein Penis zitterte wie unter Strom und kam erneut auslaufend. „Kannst Du mich nochmal fingern?", fragte sie mich danach.

„Lieber würde ich Dich lecken, ich kann das echt sehr gut", schlug ich ihr vor, doch sie wollte nur gefingert werden. Alright. Dann halt so. Diesmal fingerte ich 2 Orgasmen aus ihr heraus, sie stöhnte dabei laut und sah so süß dabei aus. Den Twin Charger musste ich einfach haben! „Wie teuer ist der?" „259 Euro", antwortete Cathy. Abzüglich Freundschaftsrabatt nur noch 199 Euro." Immer noch Schweinegeld, aber das war er mir wert.

Tags darauf schaute ich im Sex-Shop bei Cathy vorbei und kaufte mir offiziell den Twin Charger. Gleichzeitig war die Luft raus zwischen mir und Cathy. Sie hätte sich gerne weiter getroffen mit mir, aber ich wollte nicht mehr. Zurück zu Andrea. Stolz präsentierte ich ihr die Penis-Maschine. Am späten Abend, als die Kids im Bett waren, setzten wir sie beim Liebesspiel ein. Unsere Wände sind echt dick, so mussten wir keine Sorge haben, dass irgendwer irgendwas hörte.

Andrea bediente die Regler gut und staunte, als mein Sperma herausfloss statt herausspritzte. Seitdem benutzen wir den Twin Charger genauso wie ihren Womanizer Pro regelmäßig – ein Hoch auf die revolutionäre Technik!

Sandy, die Zügellose

Die Sandy war ein aufgeschlossenes, 18-jähriges Luder-Girl aus Berlin, die 14 Tage lang ein Praktikum bei uns absolvierte. Sie brachte frischen Wind in die Bude. Mit ihrer lockeren, jugendlichen Art sorgte sie für Stimmung und gute Laune den ganzen Tag. Sie plapperte wie ein Wasserfall, was aber keinen störte. Dazu kam, dass sie verdammt hübsch war und sich sehr sexy kleidete. Enges Top und Minirock, das war Sandy. Sie war einfach geil.

Sandy vernaschte gerne Männer. Nach ein paar Tagen erfuhr ich, dass sie bereits mit 2 Kollegen im Bett war. Benni und Sascha erzählten mir von ihren Erlebnissen mit Sandy. Ihren Aussagen zufolge war sie Hammer im Bett. An ihrem vorletzten Tag führte ich ein Abschlussgespräch mit ihr. Mittlerweile waren auch Tom und Joe mit ihr in der Kiste gewesen, und auch ihre Berichte waren Lobeshymnen auf die hübsche Berlinerin.

Ich sprach mit Sandy über ihre Zeit bei uns und gab ihr Feedback und Tipps für die Zukunft. Sie saß mir gegenüber, lächelte mich an und meinte, dass sie es hier sehr genossen habe und gerne ein weiteres Praktikum in unserem Haus absolvieren würde. Ich sagte ihr zu. Dann passierte es: Basic Instinct. Wer kennt sie nicht, die legendäre Szene, in der Sharon Stone ihre Beine übereinanderschlägt und ihre Muschi präsentiert, weil sie kein Höschen unter dem Rock trägt. Genauso tat es Sandy.

Sie saß mir gegenüber, Beine gekreuzt, rechts auf links, ihr Minirock offenbarte ohnehin schon viel nackte Haut. Dann kam der Moment, der mich vor Aufregung lähmte: Sie stellte ihr rechtes Bein am Boden ab und legte ihr linkes Bein darüber. Sie machte es langsam und ganz bewusst. Als ich ihre Pussy sah, verstummte ich und starrte wie gebannt in ihren Schoß.

5 Sekunden dauerte ihr Stellungswechsel, ich hatte Zeit, alles zu sehen. Sie hatte einen rasierten Schamhaarstrich, ihre Schamlippen waren deutlich sichtbar. Sandy schaute mich an. „Ist was?", fragte sie mich grinsend. „Du hast nichts drunter", stotterte ich.

„Nee, hab ich wohl vergessen." Sie stand auf und kam auf mich zu. Mir wurde heiß. „Möchtest Du noch mal schauen?", säuselte sie mich an. „Ja, aber nicht hier", zitterte ich. „Wo denn?" Ich überlegte. Ich wusste, dass Sandy die 2 Wochen bei Verwandten in München wohnte, also ging das nicht. Sie zu mir nach Hause nehmen? Nein. Die einzige Chance, die ich sah, war ein Stundenhotel.

Ich kannte eines am Hauptbahnhof, dort fuhren wir hin. Wir checkten ein und ich mietete ein Zimmer für 2 Stunden. Sandy zögerte keine Sekunde und strippte für mich. Sie hatte sehr schöne Brüste, die sie mir ins Gesicht drückte. Ich leckte ihre Brustwarzen und knetete ihre Titties. Dann setzte sie sich auf einen Stuhl und wiederholte die Basic-Instinct-Szene.

Ich sah genau hin. Wahnsinn! Sie hatte nichts drunter. Wie dreist, dachte ich, wie geil! Sie genoss es, mich beben zu sehen und beauftragte mich, ihr den Rock abzustreifen. Das tat ich gerne. Nun hatte ich volle Sicht auf ihren Schambereich. So süß, so niedlich sah sie da unten aus. Mein Ständer drückte nun schon meine Hose ordentlich nach oben. Das sah Sandy natürlich: „Ui, was ist denn das? Lass mal sehen." Sie öffnete den Reißverschluss meiner Jeans und holte meinen Dude ans Tageslicht. „Geil!", staunte sie und nahm ihn in den Mund.

Ich lag auf dem Bett und ließ mir von Sandy einen blasen. Mit schnellen Bewegungen lutschte sie meinen Schaft, bis ich ihr in den Mund spritzte. Der Blowjob dauerte nicht länger als 4 Minuten, so gut machte sie es. Sie schluckte alles. „Und, war ich gut?", fragte sie. „Du warst super!", lobte ich sie. „Das war große Klasse!" Sandy grinste. „Hast Du Lust zu ficken?" „Ja, klar", sagte ich und begann, ihren schönen Körper zu küssen. Dann legte ich mich auf sie und drang in sie ein. Ihre Pussy war eng, fühlte sich aber ziemlich benutzt an.

Mit tiefen Stößen fickte ich sie 10 Minuten in der Missionarsstellung. Dabei beobachtete ich sie. Sie hatte ihre Augen geschlossen, ihre langen, blonden Haare bedeckten das Kopfkissen, ihre Brüste wippten im Ficktempo hin und her. Dann kam Sandy auf mich und ritt mich in der Reiterstellung zum Orgasmus. Da wir kein Kondom benutzten, zog sie meinen Knüppel kurz davor heraus und wichste mit der Hand zu Ende.

Mein Sperma spritzte an ihrem Bauch entlang hoch bis zu ihren Möpsen. 10 Ladungen waren es, bis ich mein Stöhnen einstellte und mein Glied in ihren Händen erschlaffte.

„Also, von den Jungs hier warst Du der beste Ficker", wertete Sandy. „Danke." Ich war stolz, fühlte mich aber gleichzeitig benutzt. So ein Luder, dachte ich, so eine Schlampe. Diese freche 18-Jährige treibt es mit jedem und führt auch noch Rangliste. Aber egal, ich hatte das bekommen, was ich wollte, genau wie sie. Ein fairer Deal.

Wir zogen uns an und fuhren zurück ins Büro. Ich bat Sandy, Stillschweigen zu bewahren und keinem von unserem One Night Stand zu erzählen. Am nächsten Tag flog Sandy zurück nach Berlin.

Buch-Tipps vom Womanizer

The Womanizer
Ich, der Fremdgeher 1
Die Abenteuer des Womanizers

Sex, Erotik, Liebe, Lust & Leidenschaft – dies ist die spannende Geschichte, die Autobiografie des Womanizers, eines Mannes, der seinem Leben keine Grenzen setzt und sich alle sexuellen Wünsche und Träume erfüllt.

Obwohl er glücklich in einer Beziehung mit seiner Andrea ist, die er über alles liebt, gönnt er sich alle Freiheiten, um das zu genießen, wovon andere Männer träumen. Er erlebt fantastische Abenteuer ebenso wie böse Reinfälle, heiße Affären, Sex mit 3 Frauen gleichzeitig, Erpressung, Glück und Leid in Beziehung und One Night Stands.

Erfahren Sie mehr über den Mann hinter der Maske und sein Leben. Fantasien werden Wirklichkeit, Wünsche wahr. Ich, der Fremdgeher 1 ist ein hochexplosives und spannendes Werk, das den Leser fesselt, anregt und erregt. 63 Kapitel voller Sex, Lust und Leidenschaft. 200 Seiten pure Erotik.

Doch auch Schuld und Moral spielen eine Rolle. Immer wieder hinterfragt er sein schändliches Treiben und will seiner Freundin treu bleiben, doch die Lust ist zu groß und die weiblichen Reize sind zu stark ... und so stürzt er sich in das nächste Abenteuer.

Ein Buch, über das Sie noch lange sprechen werden!

ISBN 978-3-8423-2186-1
Books on Demand

Buch-Tipps vom Womanizer

The Womanizer
Ich, der Fremdgeher 2
Neue Abenteuer des Womanizers

Dies ist Teil 2, die prickelnde Fortsetzung der spannenden Lebensgeschichte des Womanizers, eines Mannes, der seinem Dasein keinerlei Grenzen setzt und sich alle seiner sexuellen Wünsche und Träume erfüllt.

Obwohl er mittlerweile glücklich verheiratet und stolzer Vater eines Sohnes ist, gönnt er sich die Freiheiten, um das zu genießen, wovon andere Männer nur träumen. Er erlebt fantastische Abenteuer, heiße Affären, Glück aber auch Leid in Beziehung, und sämtliche One Night Stands.

Erfahren Sie alles über den Mann hinter der Maske und sein geniales Leben. Fantasien werden Wirklichkeit, Wünsche wahr. Ich, der Fremdgeher 2 ist ein explosives und reizvolles Werk, das den Leser fesselt, anregt und erregt. 35 Kapitel voller Sex, Liebe und Leidenschaft, 200 Seiten pure Erotik, das ist die fantastische Welt des Womanizers.

Doch auch Schuld und Moral spielen eine Rolle. Immer wieder hinterfragt er sein schändliches Treiben und will seiner Frau treu bleiben, doch die Lust ist zu groß und die weiblichen Reize sind zu stark. Die geniale Fortsetzung von Ich, der Fremdgeher 1. Ein Buch, das Sie nicht mehr loslassen wird, denn tief in Ihnen stecken auch der Trieb, die Lust und die Gier auf Erfüllung aller Ihrer sexuellen Wünsche und Fantasien.

ISBN 978-3-8448-7446-4
Books on Demand

Buch-Tipps vom Womanizer

The Womanizer
Ich, der Fremdgeher 3
Die letzten Geheimnisse des Womanizers

Dies ist Teil 3, der prickelnde Abschluss der Trilogie über das einzigartige Leben und Wirken des Womanizers, eines Mannes, der sich, trotz hübscher Ehefrau und zweier wundervoller Kinder, außertourlich alle seine sexuellen Wünsche und Träume erfüllt. Dabei erlebt er das, wovon andere Männer nur träumen.

Diesmal u.a.: Sex mit den blutjungen Animateurinnen Grit und Hanna, spannende Abenteuer in der Glory Hole Bar, eine heiße Romanze mit PR-Marketing-Lady Ella, der fantastische Vierer mit den US-Girls Chloe, Madison und Stella, Kindermädchen Magdalena auf Extratour, Erotik-Massagen der göttlichen Luisa, Jugenderinnerungen an Raliza, Techtelmechtel mit Praktikantin Aiko, Reinfall mit Frauke, Oh Julia, Andreas geheime Kiste, Ü-50erin Sabrina, Playboy-Lifestyle mit den Hostessen Torrie und Whitney, die scharfe Kerstin u.v.m.

Ich, der Fremdgeher 3 ist ein explosives und reizvolles Werk, das den Leser fesselt, anregt und erregt. 34 Kapitel voller Sex, Liebe und Leidenschaft, 200 Seiten pure Erotik, das ist die extravagante Welt des Womanizers.

Die geile Fortsetzung von Ich, der Fremdgeher 1 & 2. Ein Buch, das Sie nicht mehr loslassen wird, denn tief in Ihnen stecken auch der Trieb, die Lust und die Gier auf Erfüllung aller Ihrer sexuellen Fantasien.

ISBN 978-3-7460-1524-8
Books on Demand

Buch-Tipps vom Womanizer

The Womanizer
Sex Bomb
100 Tricks, Frauen ins Bett zu bekommen

DER PLAYBOY TRICK * DER PIANIST TRICK * DER FEUERWEHRMANN TRICK * DER BABYSITTER TRICK * DER 6 RICHTIGE IM LOTTO TRICK * DER BILLARD TRICK * DER MAGISCHE ZETTEL TRICK * DER KINO TRICK * DER HUNDEHALTER TRICK * DER ROTE ROSEN TRICK * DER BARMANN TRICK * DER ZAUBER TRICK * DER CHEFREDAKTEUR TRICK * DER JUNG-FRAU TRICK * DER SPIONAGE TRICK * DER SCHLITTSCHUHLÄUFER TRICK * DER PORNODARSTELLER TRICK * DER MASSEUR TRICK * DER VERFLOS-SENEN TRICK * DER SCARY MOVIE TRICK * DER BUCHAUTOR TRICK * DER FUSSBALLSPIELER TRICK * DER BLIND DATE TRICK * DER KOLLEGIN TRICK * DER FOTOGRAF TRICK * DER GIPS TRICK * DER KONZERT TRICK * DER WETTE TRICK * DER REPORTER TRICK * DER SAUNA TRICK * DER KAMASUTRA TRICK * DER CHARLIE SHEEN TRICK * DER SCHLANGEN TRICK * DER WETTBEWERB TRICK * DER AMATEURPORNO TRICK * DER RESTAURANT CHEF TRICK * DER GEBURTSTAGSPARTY TRICK * DER UM-ZIEH TRICK * DER SCHÖNE FRAU TRICK * DER SHOPPING TRICK * DER CALLBOY TRICK * DER XXL-KONDOM TRICK * DER EBAY TRICK * DER EBAY DELUXE TRICK * DER BETTENKAUF TRICK * DER POKER TRICK * DER ANNA TRICK * DER MASKENBALL TRICK * DER EINKAUFS TRICK * DER EX ONE NIGHT STAND TRICK * DER DJ KUMPEL TRICK * DER POR-SCHE TRICK * DER BORDELL CASTING TRICK * DER BORDELL CASTING DELUXE TRICK * DER SEXSHOP TRICK * DER STILLE TRICK * DER E-MAIL TRICK * DER FACEBOOK PARTY TRICK * DER JOGGER TRICK * DER THER-MEN TRICK * DER ROBINSON CLUB CAMYUVA TRICK * DER 25 ZENTIME-TER TRICK * DER SALTO TRICK * DER TRAUM TRICK * DER COACHING FÜR SINGLES BUCH TRICK * DER 5 DVDS ZUR AUSWAHL TRICK * DER STRAPSE TRICK * DER MASSAGEKURS TRICK * DER VISITENKARTEN TRICK * DER WITZE TRICK * DER TAGEBUCH TRICK * DER VIBRATOR TRICK * DER SPIRITUELLE TRICK * DER TANZ TRICK * DER WELTREKORD TRICK * DER POLEN TRICK * DER 10 MINUTEN TRICK * DER VERLASSE-NEN TRICK * DER PFIFFIGE TRICK * DER SCHLAF MIT MIR TRICK * DER SCHAUSPIELFREUNDIN TRICK * DER GANZKÖRPERMASSAGE TRICK * DER FLOATING TRICK * DER ZUCKERWATTE TRICK * DER BUTLER TRICK * DER KÄLTE TRICK * DER PROMIFOTO TRICK * DER STEWARDESS TRICK * DER RETROSPEKTIVE TRICK * DER KUMPEL TRICK * DER CHEF TRICK * DER KAJAK TRICK * DER SCHWESTER TRICK * DER WEIHNACHTSMANN TRICK * DER PUTZFRAU TRICK * DER GESCHENK TRICK * DER SPRICH MICH AN TRICK * DER SADOMASO TRICK * DER ZAHLEN TRICK * DER SPEED-DATING TRICK

ISBN 978-3-8448-0574-1
Books on Demand

Buch-Tipps vom Womanizer

The Womanizer
Meine heißesten Sex-Abenteuer

The Womanizer präsentiert seine allerheißesten Sex-Abenteuer!
Nach dem großen Erfolg seiner Bestseller Ich, der Fremdgeher
Band 1-3 ist dies das nächste Meisterwerk des Mannes, der be-
reits über 1.500 Frauen im Bett hatte und als Casanova und Don
Juan des 21. Jahrhunderts in die moderneren Geschichtsbücher
eingehen wird.

Hier schildert er seine geilsten und heißesten Sex-Erlebnisse der
letzten 10 Jahre seines aufregenden Lebens und Tuns: Barbara,
Teresa, Mary, Iris, Tammy, Rimma, Caro, Lucy, Paula, Jenny,
Gabi, Denise, Raliza, Katja, Angie, Anja, Jana, Celine und Ali-
cia heißen die Damen, die The Womanizer für dieses Best of
ausgewählt hat.

Jedes dieser Abenteuer zählt zu seinen Favourites. Tauchen Sie
ein in die Welt und den Körper des Womanizers und erleben Sie
mit ihm seine heißesten Sex-Abenteuer – live und hautnah, un-
censored und geil, prickelnd und erlösend.

Spüren Sie die Zärtlichkeiten, den Sex, die Erotik, die Lust und
die Leidenschaft, die dieses Buch zu einem interaktiven Lesevergnügen machen. The Womanizer wünscht Ihnen viel Freude
mit Meine heißesten Sex-Abenteuer!

ISBN 978-3-8448-1952-6
Books on Demand

Buch-Tipps vom Womanizer

The Womanizer
SEXSÜCHTIG!
(M)EINE FRAU IST NICHT GENUG

(M)EINE FRAU IST NICHT GENUG – das ist die Philosophie, das Lebensmotto des Womanizers!

Nach seinen vielen Bestseller-Büchern präsentiert der Playboy des 21. Jahrhunderts nun sein neuestes Werk SEXSÜCHTIG!, in dem er die wundervolle Beziehung zu seiner Frau Andrea beschreibt und gleichzeitig über seine besten und geilsten Seitensprünge intimst Auskunft gibt.

Erfahren Sie mehr über den Mann, der bisher über 1.500 Frauen im Bett hatte, und seine heißen Sex-Abenteuer mit Isabel, Simone, Carmen, Melly, Sandy, Samira, Michèle, Bianca, Lena, Silke, Lolita und Wendy. Megaerotisch und anregend sind seine Schilderungen von Liebe, Sex und Zärtlichkeit, Lust und Leidenschaft, Gier und Verlangen.

(M)EINE FRAU IST NICHT GENUG – der Drang nach neuen Erfahrungen, nach jungen, schönen Körpern und tabulosen Mädels ist groß. Und die Mädels sind willig.

The Womanizer nimmt sie gerne, aber nur die Besten! Und was die so alles können, erfahren Sie in diesem Buch!

ISBN 978-3-8482-0035-1
Books on Demand

Buch-Tipps vom Womanizer

The Womanizer
Sexy!
Memoiren eines Playboys

Tauchen Sie ein in eine Welt voller Lust, Leidenschaft, Sex und Erotik! The Womanizer präsentiert seine Memoiren und berichtet von seinen geilsten Sex-Abenteuern mit blutjungen, bildhübschen 18-jährigen Mädchen bis hin zu 43-jährigen, reifen Damen.

Sie alle sind ihm hilflos verfallen und finden einen Ehrenplatz in diesem spannenden Werk, das durch erotisch-intime Schilderungen und faszinierende Erlebnisse überzeugt.

Sexy! ist ein interaktives Lesevergnügen – The Womanizer erzählt seine Begegnungen hautnah und lebendig, als wären Sie persönlich dabei. Freuen Sie sich auf 24 Ladies und ihre Traumkörper, ihre Lust und Gier nach einem Mann, der sie glücklich macht.

Anhand seiner extraorbitanten Leistungen ist The Womanizer zweifelsohne DER Playboy des laufenden 21. Jahrhunderts! Wir sagen: Viel Spaß beim Lesen und Genießen dieses Buches.

ISBN 978-3-8482-0153-2
Books on Demand

Buch-Tipps vom Womanizer

The Womanizer
Verbotene Lust!
Sex ist mein Leben

In Verbotene Lust! führe ich Sie in meine geile Vergangenheit und präsentiere einige Raritäten und Perlen meiner sexuellen Lust. Da ich meine Abenteuer dokumentiere, weiß ich exakt Bescheid und kann detailgenau das schildern, was ich erlebe, wovon andere Männer nur träumen.

Auch wenn diese Lust eigentlich „verboten" ist, so ist sie für mich normal. Ich sehe nichts Schlimmes daran, dass ich mich sexuell auslebe und mir meinen Spaß in anderen Betten hole. Ich verletze meine Ehefrau Andrea ja nicht, sie kennt halt nur nicht die ganze Wahrheit. Und die wird sie auch nie erfahren.

Freuen Sie sich auf meine sexuellen Abenteuer mit der Therapeutin Silva, das Maskenball-Spektakel, den sensationellen Vierer mit Kylie & Nele & Helene, die Sex-Toy-Verkäuferin Cathy, die Praktikantin Kerstin, das 18-jährige Kindermädchen Magda u.v.m.

Sex ist mein Leben, daher werde ich stets die Verbotene Lust mitnehmen, leben und genießen, denn ich bin und bleibe The One & Only Womanizer!

ISBN 978-3-7460-4353-1
Books on Demand

Buch-Tipps vom Womanizer

The Womanizer
Meine besten Dreier
2 Ladies & The Womanizer

Was für viele Männer ein ewiger, unerfüllter Traum bleibt, ist für mich geile Realität: Der sagenumwobene flotte Dreier! Ach, wie oft schon habe ich 2 Frauen gleichzeitig im Bett gehabt und sensationelle Stunden mit ihnen erlebt. Wenn auf einmal 4 Hände und 2 Münder loslegen und ihr Allerbestes geben, dann sieht man die Sterne funkeln.

Nach meinen Verkaufsschlagern Ich, der Fremdgeher 1-3, diversen Fortsetzungen und Specials ist es an der Zeit, der großen Nachfrage gerecht zu werden und den Spot auf meine besten Dreier zu lenken. Hierbei gilt das Gesetz: Wenn ich Gruppensex habe, bin ich der einzige Mann! Platz für einen zweiten gibt es nicht. Und die Frauen, mit denen ich es treibe, müssen hübsch und geil sein. Sexhungrig, offen für alles.

Wenn meine geschätzte Frau Andrea von meiner Dreier-Leidenschaft wüsste, würde sie mich umbringen. Nun ja, einmal hat sie ja selbst mitgemacht, mit der süßen Lena. Dieser ganz besondere Dreier wird ausführlich im Werk behandelt und erhält als Abschlusskapitel den Ehrenplatz. Aber sonst bin ich für Andrea ein liebender, treuer und einfach der perfekte Ehemann und Partner. Bin ich ja auch, bis auf das mit der Treue …

Lassen Sie sich eines versichern: Wenn Sie bisher noch keinen Dreier mit 2 Frauen erlebt haben, Sie Armer, dann haben Sie wirklich etwas Ultimatives verpasst!

ISBN 978-3-7528-3132-0
Books on Demand